庫JA

know

野崎まど

早川書房

7212

目 次

know

こうして神は人を追放して、
いのちの木への道を守るために、
エデンの園の東に、ケルビムと、
輪を描いて回る炎の剣を置かれた。

（創世記　3－24）

I . birth

1

瞼をこえた光が起きる時間だと告げた。

目をこすって体を起こす。初めて寝るベッドは柔らかくて良い匂いで最高の寝心地だった。もちろん自宅のベッドの方が高級品なのは間違いないが、女性の家のベッドというのは価格や品質を超越した別格の心地良さがある。

隣で寝息を立てる裸の女の子の尻を撫でる。朝日の下でヒップラインの美しさを再確認し、この子を口説いた僕の目に狂いはなかったと一人満足して頷いた。

ベッドを出て、勝手にシャワーを借りる。

さっぱりしてから昨日と同じ服を着た。下着だけはコンビニで買っておいた。最初からこういう目的で来ているのだから準備は万端だ。

鼻歌を歌いながら、他人《ひと》の家のキッチンに立つ。

パンと卵があったのでフレンチトーストに決めた。ボウルで卵を混ぜ、砂糖を入れようとしたらシュガーポットが空だった。

買い置きは、シンクの下の左奥。

無事砂糖を投下してパンを浸した。フライパンとターナーでトーストを焼きながら、ネットのニュースを順番にチェックしていく。特に嬉しいニュースも陰惨なニュースもなく静穏な平日だ。星占いは一位。素敵な出会いがあるでしょう。昨晩あったばっかりなのに、今日もあるとは中々忙しい。

テーブルにトーストとコーヒーを並べていると、寝室から彼女が出てきた。

さっきまで裸だったのに今更パジャマを着こんでいる。目が合うと、彼女は真っ赤になって顔を逸らした。僕は再び満足して頷く。この恥じらいこそが大和撫子の本質《essence》だ。

「朝食作ったけれど。食べる？」

笑顔で聞くと、彼女は小さな声でいただきますと答えてテーブルに着いた。男の前で普通に食事をする行為すら恥ずかしいようなふうで、フレンチトーストを恐る恐る切って口に運ぶ。僕もそんな彼女を愛でながら一かけ食べた。うん、いい出来だ。

「……あの」

彼女はフォークとナイフを置いた。

「私、こんな……違うの」辿々しく弁明を始める。「普段はその……違うのよ。本当に。こんな、昨日会ったばかりの人とこんなこと……」

彼女が訴えたいことはまあ大体解る。私は初対面の男とすぐ寝るような女じゃないんですと言うことだろう。もちろんわざわざ言われなくてもよく知っている。そういう真面目な子だと当たりを付けて声をかけているのだから。僕の好みはナンパに簡単にひっかかるような子ではなく、京都の町が育んだ奥ゆかしく楚々とした女性だ。そういう子を口説くのは難しいが、だからこそ価値が生まれる。壁というのは高いほど乗り越える過程が楽しめるものだ。

「でも、その……」彼女は弁明を続ける。「貴方とは初対面と思えないほど話が合ったから、なんだか前からずっと知り合いだったみたいな気分になってしまって……だから……本当に自分でもびっくりしているの。私、こんな性急に……」

「本の好みとかね」

「そう、そうなの」彼女は興奮気味に顔を上げた。「映画の感想もしっくりきて、私、前からこういう話を誰かとしたいとずっと思っていて、本当に肌が合うなって……」

そう言って彼女はまた顔を赤くした。僕もとても肌が合うなと昨晩思った。意見は一致しているようだ。

「もしかしたら運命の相手なのかもしれない」

歯の浮くような台詞を言うと、彼女は照れながらもまんざらでもない顔をする。彼女だって本気でそんなことを思うほど子供じゃないだろうけど、心の片隅でそういうロマンを信じていたい気持ちは誰にでもあるだろう。

僕もこの運命の恋をもう少しだけ楽しみたいところだけれど。残念ながら職場からの夥しい着信履歴が溜まっていた。そろそろ仕事に行かなきゃならない時間だ。

「ごちそうさま」

立ち上がって上着を羽織る。彼女は座ったまま、巣に残される雛鳥みたいな寄る辺のない顔で、僕の帰り支度を見ている。

「あの、また連絡しても……？」

彼女は僕の連絡先を眺めながら言った。僕は笑顔で応えて、そのまま靴を履き、マンションの部屋を出た。

ドアを閉めてから、ごめんねと呟く。

残念ながらどこにも繋がらない連絡先だった。メールアドレスも通話アドレスも、言ってしまえば名前も偽名だ。一晩限りの関係の方がお互いのためにきっと良い。

だって運命の恋の正体を教えたら、彼女はきっと幻滅してしまうだろうから。

2

マンションを出て、御蔭通をバス停に向かって歩く。

昨日は彼女を誘って飲みに出てしまったので、車を仕事場に置きっぱなしにしていた。ここからなら職場まで歩いて行けないこともないが、すでに二時間は遅刻しているので多少の誠意を込めて混んだバスに乗ってあげようと思う。平日の十時過ぎ。そろそろ朝とは言い難い時間だ。

やって来たバスは案の定混んでいた。僕はうんざりしながら乗った。

何ヶ月ぶりかで乗る市営バスが、京都の町の間を抜けていく。

通勤も通学も終わったこの時間帯でも京都のバスは混んでいる。理由の一つは電車が少し不便なことだ。複雑に入り組んだ京都の鉄道網はあらゆる場所に伸びている割に連絡が悪く、どこへ行くにも二路線以上を乗り継いで迂回しなければならない。だから目的地まで直行してくれるバスの方が大体早く着く。そしてもう一つの理由は今もバスの車中に満載されている。

「三十三間堂って私初めて」

乗り合わせた制服の女の子達の浮かれた声が耳に届いた。

バスが混むもう一つの理由はまさにこの修学旅行生だ。京都という都市には通年の間、全国の中高生がひっきりなしにやってくる。一日乗車券を買って京都中を移動し、バスの容積を圧迫し続ける子供達。彼らと彼女らは全員二泊三日でいなくなっているはずなのに、なぜか一向に人数の減る気配がない。新陳代謝しているのは解っているが、住んでいる方としては新しい学生か古い学生かなんて一々見分けていられない。ホテルの部屋に交替で滞在し続ける子供達は、もう京都の人口に数えてしまって良いんじゃないかと思う。

「私も初めてだよ」

四人のグループの一人が楽しそうに返した。女の子達はぎゅうぎゅうのバスの中で、両手で必死につり革に摑まっている。この無理な姿勢でよく楽しそうに喋り続けられるものだ。

「正式には蓮華王院ていうんだね」

「本堂部分の名前が三十三間堂なのかあ。あ、すごい。免震設計だって。大昔に建てたのに」

「重要文化財の千体千手観音立像は、一二四体が平安時代の作品で残りが鎌倉時代作……よく残ってるよね」

女の子達はこれから行く場所について雑談していた。その間にも乗客はどんどん増えていて、彼女達は車内のパイプに力一杯しがみつく。

「二十八部衆像っていうのもあるんだ。大弁功徳天《だいべんくどくてん》、満善車王《まんぜんしゃおう》、那羅延堅固王《ならえんけんごおう》、毘楼勒叉《びるろくしゃ》天《てん》王」

「なにそれ、あはは、読みづらい。毘婆伽羅王《ひばからおう》、沙羯羅《しゃがら》竜王《おう》、五部浄居天《ごぶじょうごてん》」

「早口言葉みたい……舌嚙みそう。摩醯首羅王《まけいしゅらおう》、乾闥婆王《けんだつばおう》、婆藪仙人《ばすせんにん》」

中学生はケラケラと笑いながら言いづらい仏像の名前を空で並べた。ちなみに残りは十八部は密迹金剛力士《みっしゃくこんごうりきし》、東方天《とうほうてん》、毘楼博叉天《びるばくしゃてん》王、毘沙門天《びしゃもんてん》王、大梵天《だいぼんてん》王、帝釈天《たいしゃくてん》、摩和羅王《まわらおう》、神喪天《じんもてん》、金毘羅王《こんぴらおう》、金色孔雀王《こんじきくじゃくおう》、散脂大将《さんしたいしょう》、難陀竜王《なんだりゅうおう》、迦楼羅王《かるらおう》、金大王《こんだいおう》、満仙王《まんせんおう》、摩侯《まご》伽羅王《からおう》、阿修羅王《あしゅらおう》、緊那羅王《きんならおう》。なるほど、確かに早口言葉だ。

「ねえねえ……」

グループの中で早口言葉に加わらなかった一人が言った。他の三人より少しだけ大人びた雰囲気の子は、残りの三人に「知ってる？」と囁く。

「一昨日ね、ニィモのカレンちゃんが三十三間堂に撮影に来てたんだって……」

「え！」「なにそれ！」

車内に黄色い声が響く。ニィモというのは『ニィ』というティーン向けペーパーの専属モデルのことか。『ニィ』のモデルがニィモ、『ヴィ』がヴイモ、『トラディション』がトラモ。なんと一〇〇近くある。男の僕には全く馴染みのない文化圏だ。

教えられた三人は大人気モデルの話題に興奮し、どこの情報なの、それほんとなの、と食い付いている。情報を持ってきた一人は傍で見ていても解るくらいに鼻を高くしてソースを教えた。この小さな優越感は子供の社会の中では非常に価値のある代物だ。

バスが三十三間堂前の停留所に着く。女子の一団は今日も撮影してないかなとはしゃぎながらバスを降りていった。最初に情報を持ってきた子も、流石に今日のモデルのスケジュールまでは知り得ないようだ。

彼女たちの午後のコースに二条城が入っていれば、運が良ければ撮影中のニィモに会えることだろう。

3

堀川通でバスを降りる。整備された小川の脇を気持ちよく歩き、庁舎へとつながる小道へと折れた。

両側に古い造りの民家が建ち並ぶ、何の変哲もない裏道の一本だが、京都ではその一つ一つに名前が付いている。二〇メートルくらいで終わるような小道なら名付ける必要は無いのだろうが、京都の町は〝碁盤の目〟と称されるように、どんな細い道でも縦横に延々と長く伸びている。今僕が歩いている出水通も車一台分の幅の道が一キロメートルにわたってずっと続く。それらの道は大体寺か神社にぶつかって終わる。

その出水通と油小路が重なる角で、老婦人と目が合った。

「すみません」

声をかけられる。上品な風体の老婦人は、片手に地図を持っている。

「ちょっと道をお伺いしたいんですけど……」

「どちらまで？」

「息子夫婦の家に行きたいんです。この辺りのはずなんですけれどね……」

老婦人は地図を指差す。言葉の訛りがないので遠方の人のようだ。慣れない人間に京都の細かい町並みは解りづらい。お年寄りの足で歩いて探すのは一苦労だろう。僕はご婦人に道を教えるために、彼女の顔を見つめた。

《脳副処理装置》の稼働率が上がる。

視神経を流れた老婦人の映像情報を《啓示装置》が取得し、検索が始まる。《個人最終端通信装置》が町中に張り巡らされたネットワークと通信して必要な情報を引き出した。基礎システムに保護されている《クラス2》の個人情報を、限定解除された《クラス5》の権限で収集し、僕はそれを知る。

名前《大沢・小夜《サヨ》コ》
近隣在住の親等者－次男《大沢・懐《ナツ》ク》
住所《京都府京都市上京区油小路通上長者町下ル亀屋町133-1》

僕は曲がり角の先を指差した。

「息子さんのお宅はこの道を行った左側ですが……」

そしてすぐに四辻の別の先を指し直す。

「ちょうど今、探しに来られたところみたいですよ」

指の先、二つ向こうの曲がり角から中年の男性が現れる。大沢・懐クさんはこちらを見つけて寄ってきた。大沢・小夜コさんは安堵で顔を綻ばせる。

「ありがとうございました」

小夜コさんは上品に頭を下げて言った。

「最近の方は、なんでもご存じで良いですねえ」

4

知っている。

その言葉の意味が変化してきたのは、この二十年のことだ。十五歳の中学生は新しい意味で使っているし、四十五歳以上の人は古い意味でしか使わない。だから二十八の僕はその中間、過渡期を眺めながら両方の意味で使い分けなければならなかった一番面倒な世代だ。

二〇〇〇年を越えてから、人類の扱う情報量は飛躍的に増大した。

ネットワークの誕生と拡大は膨大な情報の流通を促した。情報関連企業と国が協力して作り上げたインフラが世界中に張り巡らされ、できあがった道に血液のように大量の情報が通った。生活の中の些細な言葉から国の重要機密まで、あらゆる情報が光の速さでネットワークを駆け巡る時代を経て。

二〇四〇年、《情報材》の開発により情報インフラは革新する。

フェムトテクノロジーの結晶である情報材は、微細な情報素子を含む素材・建材の総称だ。通信と情報取得の機能を有する極小サイズの情報素子が、コンクリート・プラスチック・生体素材等、様々な物質に添加・塗布されている。

情報素子はその一粒一粒が超微弱電磁波《Ultraweak waves》を主とする複数の手段を用いて常に周囲の状況をモニタリングしている。同時に通信システムの最小単位でもある情報素子は相互に交信し合い、情報材で作られたものは全て通信インフラの一部となって自らが取得した情報を世界に流し続ける。今日、都市部のあらゆる建物、道路、外装、内装、人工物のほぼ全てが情報材を用いて造られており、それらは今も世界の情報を無尽蔵に増やし続けている。

超情報化社会。

あらゆる情報が、あらゆる場所で取得できる時代が到来した。

そんな便利な世界を築いた人間は、自分達で作ったものを十二分に活用しようとしたけれど、その挑戦は無残な失敗に終わる。都市の建設と共に際限なく増設された情報素子は、人が想像した以上の情報を世界から収集することになった。幾何級数的に増加する有意・無意を問わない莫大な情報。それを処理するには、ここ数千年大きく進歩した気配もない人間の脳はあまりにも脆弱だった。

それでも昔の人は携帯用の情報デバイスを持ち歩いて、自宅ではコンピュータを使って、補助器具に助けられながら押し寄せる情報津波に対抗しようとしていたが。結局それらを扱うのも人間の脳でしかなく限界は明白だった。限界に達すると人は簡単に壊れてしまう。インフラが整った先進国から順に情報強迫症や情報性鬱病が頻発し、自殺原因の上位は情報障害疾患の独占が数年続いた。二〇五一年にはついに国内の総流通情報量を規制しようというなんとも後ろ向きで自虐的な法案まで出されてしまう。人類は自ら退化の道を選ぶ寸前まで追い詰められていた。

そんな可哀想な人間が救われるのが今から三〇年前。

二〇五三年。ここ日本の京都で〝電子葉〟が初めて人に植えられた。

ネットワークと通信して情報を取得する《個人最終端通信装置《Personal terminator》》。脳外部からの膨大な情報の処理を行う《脳副処理装置《Cranial nerve co-processor》》。脳神経の状態を非接触的にモニタリングし、同時に非接触的に介入を行う《啓示装置《Apocalypse》》。

それら三つの機能を備えた人造の脳葉《電子葉》は、情報に殺されかけていた人々を救済した。情報取得と処理の著しい高速化。健康を害するほどに発達した情報化社会の中で、電子葉というワクチンは急速に浸透していった。日本における電子葉移植は健康保険対象化、基礎保障化を経て十五年前ついに義務化された。この国では現在、六歳になると全員に電子葉が付与される。それは当然の流れだった。電子葉がなければ社会的生活が送れないのだから。

僕も義務化前の時代に、五歳の段階で電子葉を入れられている。

小さな頃過ぎて記憶はあまり無い。だから電子葉が無かった頃はどんな風に暮らしていたのかなんて思い出すこともできない。今の僕らは何かを見たり聞いたりするだけで、その〝鍵刺激〟に関連する情報が自動的にネットワークで調べられる。取得された情報は重要度や必要性に応じて選別され、最後は《啓示装置》が結果を教えてくれる。

昔はこうしてネットから情報を引っ張ってくることを「調べる」と言っていた。でも電子葉の一般化につれて言葉の意味は曖昧になってきている。たとえば誰かにパンダの学名を質問されたとしよう。最初から知っている人はその質問に答えるだろう。だけど知らなかった人が電子葉でネットワークを検索した結果を答えたとしても、返答の時間にそれほどのラグはない。それに昔はネットワークに接続できない場所がまだ多くあったそうだが、今はそれもほとんど駆逐されてしまった。情報材と電子葉の登場以降、「最初から知っている」と「調べて知る」ことの差異はどんどん縮まっている。

だから今四十歳くらいの、二十歳以降に電子葉を備えた人は「今調べたけど」などと枕を付けて話すことが多い。逆にさっきの修学旅行生のように幼少の頃から電子葉に慣れ親しんだ世代は、ネットで調べられることは全て「知ってる」と言う。ネットで調べられないことだけを「知らない」と言う。大人はそんな子供の態度が生意気だと感じ、子供は大人の話は回りくどいと言う。真ん中の僕はやれやれと思う。

だってどちらも、少なくとも内閣府情報庁情報官房付情報審議官の僕に比べたらそれほど物知りではない。

5

分厚いガラスの自動ドアをくぐる。

情報庁の庁舎に一歩入った途端、メール着信を知らせる透明な電子音が耳に届いた。と言っても実際に耳に届いているわけじゃない。啓示装置の非接触肢が内耳神経の電位変化を誘導して、実際には鼓膜を震わせない音の幻を作り出しているだけだ。

啓示装置は電子葉に搭載された拡張現実装置だ。啓示装置から伸びる非接触肢は脳に集合する神経を直接モニタし、またそれに介入できる。僕らの五感、視覚や聴覚や触覚というのはつまるところ神経細胞の電位変化でしかないので、その電位変化を観測すれば見ている映像や聞こえている音をデータとして取得できるし、電位変化を操作すれば実際には見えていない物や聞こえていない音を現実のように作り出すことも可能だ。突然頭に降りてくるビジョンと声。天啓。そんな神々しい名前の装置は、電子葉機構の要といえる。

《啓示聴覚》にフォン、という美しいメール着信音が心地よく鳴る。気持ちのよい音が伝えたのは二九〇〇通のメールが届いていますという悲痛な連絡だった。フィルタが壊れたわけではなく、全て知人からのものだった。多分早く来いという内容が二〇〇〇通だ。僕の務める部署にはこういうことをする人間がいる。

僕は親指と中指を軽く触れ合わせて、同じ送信者からのメールを削除した。

オフィスまでの廊下を歩きながら残ったメールをチェックする。電子葉が視神経に介在し、現実の視界に重なる《啓示視界》の中に半透明のウィンドウが展開していく。内容を流し読み、登録《神経ジェスチャ》した視線と指の動きで次々にジャッジと削除を行う。文章の返信を必要とする案件については音声入力するかキーボードを叩いて返すしかないけれど、イエスノーで済む簡単なものならばジェスチャで全て済む。僕は歩きながらさらに七〇〇通のメールを処理した。

電子葉から発せられた個人情報《パーソナルタグ》がセキュリティを解錠して、オフィスフロアのドアが開く。

広いフロアにライトグレーのプラスチックデスクが整然と並び、数十人の職員は皆忙しそうに働いていた。この高度情報化社会において、情報庁は省庁の中で最も忙しい職場と言えるだろうと十一時に出勤しながら考える。

同僚と挨拶を交わしてフロアの一番奥へ向かう。ガラスで区切られた一角は情報審議官に与えられる専用のデスクスペースだ。四方を囲むガラスはvisible-invisibleの切り替えが自由で、人に見られていると仕事ができない質《たち》の僕は出勤したらすぐにインビジにしてしまう。個室のセキュリティを解錠してガラスの自動ドアが開くと同時に、啓示視界上の最後のメールを片付けた。完璧なタイミングだった。スタックの作業が全部終わったので午後までのんびりしよう。

と思った時に、背後で閉じかけた自動ドアが嫌な音を立てて止まった。振り返ると黒いストッキングの御御足が挟まっている。挟まっているというよりは閉まるドアを蹴り止めたという方が正確だろうか。再びドアが開く。

「御野《おの》審議官」

タイトスカートの黒いスーツに身を包んだ部下が脚を下ろしながら言った。

「なにかな、三縞《みしま》副審議官」

「また女ですか」

「僕のプライベートトレイヤに勝手にアクセスしたのか……。もちろん君にならそれも可能だろう。しかしそれは情報犯罪法抵触行為だ。情報基準法4条3項。一年未満の懲役または百万円以下の罰金が科せられる」

「服」

三縞副審議官は僕のタイをにらんで言った。一々よく見ているものだ。僕はうん、と頷いてデスクチェアに腰を下ろした。

「で。何」

「何じゃあありません。仕事をしてください」

「やってるじゃないか。溜まっていたメールはもう処理したよ」

「私のところに転送することを処理と呼称しないでください」

丸投げ《丸投げ》というのは人聞きの悪い表現だ。僕が三縞副審議官に回した案件は全て彼女の裁量で判断できるものだし、また彼女の能力で処理できるものだ。もちろん僕がやる方が早いのは間違いないが、分業の概念の基本に則れば誰でも出来る仕事は能力の低い多数が行い、能力の高い少数の人間はその人にしかできない仕事をするべきだろう。そして彼女は情報官房のフロアで僕に次いで能力が高いのだから、僕の持っている仕事の殆どは彼女に任せることができる。三縞・歌《ウタ》ゥ副審議官は齢二十五にして国事の中枢を担う大変優秀な人材である。君には期待していると伝えた。彼女は机を蹴った。

「審議官は既にご存じのことと思いますが、明確な意図を持って複数回伝えさせていただきます」

「繰り返しは大事だ。我々は電子葉の実用化によって卓抜した処理能力を得たが、それは脳の処理を補助する点に重点のおかれた強化であって、記憶容量の増加を積極的に促進するものではない。重要事項を繰り返し通過させて記憶野のサーキットを確立していくことの優位性は今も昔も変わらない。どうぞ」

「審議官が昨日と同じ服で十一時に出社して専用デスクスペースで至ってフレキシブルな取り組み方でお仕事をなさることができますのは、貴方が省内随一の、天才的な、傑出した情報処理能力を有しているからです。平たく言えば仕事ができるからです。仕事をしない審議官に権利は発生しません」

　当たり前のことを何度目かに教わる。仕事ができなかったら十日と待たずに解雇されるだろうと思う。高度情報化社会は物的資材《人間》の移動も激しい。

「だいいち」喋りながら三縞副審議官の目線が宙を泳ぐ。啓示視界に投影された情報を読んでいる人間特有の仕草だ。「これだけの作業を私に振ったなら、審議官はほとんど手空きじゃありませんか。閉めきったオフィスで一体何をやっているんです」

「何って」僕は普段の自分を思い出しながら答える。「情報素子の基底《ベースメント》ソースを定時まで眺めたり……」

三縞副審議官が僕を冷たい目で見下ろした。彼女は美人だ。

「ねえ、三縞副審議官」僕はわざとらしい苦悩の表情を作りながら言う。「前から思っていたけれど、僕はこの仕事に向いてないと思うんだよ。役所勤めという仕事に」

「向いていない？」

三縞副審議官は怪訝な顔をする。そして瞬きを一回した。それを合図にして僕の啓示視界にウィンドウが開いた。それは啓示視界の個人用《パーソナル》レイヤではなく、不特定の人間が自由に利用できる公開《パブリック》レイヤだ。彼女が引き出したウィンドウに表示されていたのは僕の職務履歴だった。

《御野・連《ツ》レル》
二〇七四年六月　国家公務員総種試験通過
二〇七四年九月　内閣府情報庁情報官房配属
二〇七六年九月　情報官房情報総務課係長（クラス付与）

二〇七七年四月　情報官房情報総務課課長（特則昇進）
二〇八〇年九月　情報官房情報総務課指定職審議官（特則昇進）（クラス付与）

半透明の履歴書の向こうで三縞副審議官が不可解な面持ちのまま首を傾げる。

「貴方が向いていない？」

頷く。彼女は机をもう一度蹴った。三縞副審議官は戯言に付き合っている暇はないとばかりに踵を返す。彼女がデスクスペースを一歩出ると同時に、さっきたらい回しにしたメールが一斉に返ってきて啓示視界を埋め尽くす。とはいえだいぶ数を絞ってくれている点は彼女らしい。優秀なスタッフはどんな高性能の情報処理装置《プロセッサ》にも代え難い。

僕はジェスチャでオフィスのガラスに指示を飛ばした。デスクスペースを囲む透明なガラスが白くフェードしてブラインドに変わる。見えなくなっていく外のオフィスで三縞副審議官がこちらを睨んだ。ブラインドにしてしまうと視覚情報だけでなくメールや電話のやりとりも選別してシャットアウトできる。ただ彼女はガラスを蹴って呼びつけてくるのであまり関係がない。

僕はため息を一つ吐いて、戻ってきた仕事を順番に開いていく。

国交省と文科省からは、市内の歴史的建造物の情報材化における反対派とのセッションの依頼。経産省からはクラスカーストの倫理問題検討会への出席依頼。環境省からは都市近郊林野の情報化に関する懇談会への出席依頼。警察庁からは全く何もわかってない老年幹部から的外れ極まりない質問のメールだった。

非常に強いストレスを感じながらそれぞれに返信する。懇親会やら検討会に欠席する代わりに簡単な意見書だけは作って送った。会議で話し合うべき内容は意見書に全て書いてしまうが、それでもきっと会議は予定通りに行われるのだろう。会議というのは〝会って議論する〟という間違ったタグを付けられたパーティーを指す。

形だけの仕事を三縞副審議官へのエクスキューズの分だけ片付けた。ジェスチャで啓示視界を晴れさせる。現実視界に現実の個室が広がる。

つくづく向いてない仕事だと思う。

できないとは言わない。やればできるし実際にやってきた。そのお陰で彼女がさっき見せてくれたように結構な速さで出世してきたし、これからもその予定でいる。でもそれと好き嫌い、向き不向きは全く別の問題だ。ＦＰＵ《浮動小数点演算》やＧＰＵ《画像処理》の仕事を高性能のＣＰＵ《中央処理》だけで押し切ることにあまり意味を感じない。

僕は出世して人の上に立つような人間じゃない。社長になりたい人間じゃない。もっと現場に近い方で黙々とプログラムに向き合うようなタイプだ。人間の相手よりコードの相手の方がよっぽど向いている。ただこの情報化社会の中で、人類《ヒューマン・ビーイング》が少しだけコードに歩み寄ってきているというだけで。

啓示視界に新しいウィンドウを開いた。

来る前に買ってきた水をデスクの上に置く。僕は職場で自分の趣味の時間に入った。いや趣味というのも少し間違っている。先ほどの無益なメール群の返信よりはよほど有益な仕事だろう。自分にとっても、社会にとっても。

表示された文字列は、〝情報材〟の基底ソースだ。

情報素子が作り出すネットワークを規定するソースコード。世界中に張り巡らされるネットワークの基礎の基礎。情報の流通を支配する文字列。物質社会と対をなす、情報《もう一つの》社会の基盤。世界で最も美しいコード。

僕の人生を決定付けたコード。

そういえばさっき三縞君が、僕を大層な言葉で褒めてくれたなと思い出す。目の前のソースを眺めて、僕は自嘲気味に笑った。彼女の評価付けは間違っている。

天才というのは、こういうものを作る人間に付けられるべきタグだ。

6

「人は知るべきだ」

先生の言葉を反芻する。あの時僕は、どれくらい知るべきですか、と聞いた。

「知れるだけだよ」

道終《みちお》・常《ジョウ》イチ先生はそう答えた。

先生の言葉の一つ一つが、僕の基底コードになった。


僕の人生について語ろうとすれば、始まりは必然的にあの夏のワークショップからになるだろう。それ以前の僕は何の方向づけもなされていない、将来の何かの予備軍でしかない幹細胞みたいな子供の群れの一粒でしかなかったし、それ以降の僕はあの時に生まれたベクトルを一つも裏切ることなくレールの走る通りに生きてきた。だから僕という人間はあそこから始まる。蒸し暑い八月の京都。中学二年の夏休みに参加した、京都大学と情報処理学会が主催した学生向けプログラミングワークショップ。

その体験講座に応募したのは偶然だった。その頃趣味でプログラミングを齧っていた僕は、学校の廊下でその講座のポスターを見かけて、軽い気持ちで書類を出した。一度大学に遊びに入ってみたいという子供らしい気持ちもあった。けれどそのワークショップは実は世界的な知名度のイベントで、毎年何百通という応募があって書類審査の倍率も高いと知ったのは後になってからだった。

京都大学APW。アルゴリズムプログラミングワークショップ。

三十年以上前から続いているというそのイベントは、中高生を対象としたプログラミングのコンテストだった。まず初日にその年の課題が出され、参加者はそれから京都大学内の宿泊所に泊まりこんで課題に挑む。六泊七日の日程の中で課題のプログラムを組み上げ、そして最後の二日で全員の作品を発表し出来を競うとともに内容を検討しあう、というものだった。

そんなワークショップの概要を少し遅れて知った僕はにわかに興奮した。それは言ってしまえばゲーム感覚で勝負する子供の遊びだったけれど、子供であった僕は勝負事が大好きだったので、プログラミングの腕を同年代の子供と比べられるのは嬉しかった。まして や国内外から優秀な学生が集まると知って、僕は世界レベルの相手と戦うんだと、まるで少年漫画の主人公のような気持ちで興奮したのを覚えている。

その年の課題は次のようなものだった。

Q．ＪＲ京都駅中央出口から、京都大学吉田キャンパス本部構内、工学部三号館情報学研究科・知識情報学研究室に到達するアルゴリズムを作りなさい。

知識情報学研究室というのはワークショップを主催している研究室のことだ。課題は、駅から大学の研究室まで来るプログラムを作れというものだった。シンプルな設問だった。ただほとんどの参加者は、そのシンプルさが問題の難度を示していることを正確に理解していた。問題の解釈の幅が非常に広く取られている。「駅から大学に到達する」という設問を、参加者たちはそれぞれが咀嚼して、それぞれの解釈の答えを出さなければならなかった。

アルゴリズムとは〝問題の解を求めるプログラム〟だ。問題があれば解が存在する。その解により効率的に、より正しい道筋で到達できるかがアルゴリズムの優劣となる。だから問題自体の曖昧さが上がるほど、アルゴリズムの複雑さも上がっていく。1＋1には答えられても、宇宙とは何かには答えられない。もちろん1＋1だって真剣に考え始めたらいつまでも答えられないだろう。コンテストの自由度の高い設問は、世界一のワークショップに相応しい課題だったと思う。

ワークショップの初日、僕はまず参加者の宿舎に足を運んだ。僕自身は京都住まいで家が近かったので、わざわざ宿泊所に泊まる必要はなかった。でも同世代の趣味の仲間と話してみたかったし、その人達がどういうプログラムを組むのかも気になった。なので最初の日はとりあえず顔を出してみることにした。

大学が用意した北白川の宿舎は小さな団地みたいな建物だった。食堂ホールに行くと五十人ぐらいの参加者が談笑したり議論を交わしたりしていた。半分が日本人で半分が外国人。欧米、南米、インド、中東、アジアと、様々な国と地域からプログラムの腕自慢が集まっていた。

当然その全員が電子葉を備えていた。

その年はちょうど日本で電子葉の義務化法案が施行された年だった。でもその場にいた子供達は、新技術に積極的な家族によって義務化前に電子葉を備えられた、先駆的な家庭の子供ばかりだった。

電子葉は付けたらすぐに一〇〇%のパフォーマンスで活用できるというものではない。まずは新しい脳感覚に慣れていかなければならないし、慣れてからも新しい脳葉を〝使う〟ための習熟度は個人によって千差が出る。情報検索の精度や啓示視界の使いやすさは時間をかけて〝鍛えて〟いくものだ。つまり電子葉の扱いには巧拙が存在する。

そして参加者達は、基本的に〝上手い人〟だった。義務化以前から電子葉を備えた子供達。小さな頃から新しい脳感覚に慣れてきた人達。ましてや海外のプログラミングワークショップにわざわざ来るような彼らは、それこそ情報処理に関しては世界のトップエリートに違いなかった。

そんな人達が今回の課題にどうやって挑むのか。僕は興奮しながら参加者の一人として会話の輪に加わった。早速啓示視界に情報が広がる。パブリックレイヤを使って、それぞれが自分のアイデアやソースを見せ合いながら議論を交わす。

結果から言ってしまえば、僕の期待は満たされなかった。

たとえば一人のアイデアは、ネットで出来るような経路検索のより効率的なプログラムを作ろうというものだった。電車とバスと徒歩、敷地内・建物内まで含めた細分化した検索システム。『駅から研究室まで到達する』という課題に、非常に真っ当に則したプランだったと思う。質の高いものが作れれば売り物にもなり得るアルゴリズムだ。

別な一人のアイデアは、『カメラの付いたロボット』を仮定して、京都駅から研究室まで〝目〟で見ながら到達するアルゴリズムを作るというプランだった。カメラの視界に入る建物や道を画像解析で認識して判断する。人間のように景色を見ながら歩いて移動する。プログラムのコンテストなので実際にロボットを作るわけにはいかないが、経路の画像が用意できれば仮想として作れるだろう。カメラを片手に街を徘徊する地道な作業になるけれど、一週間という期間があるならできないことはない。確かにそれもまた『駅から研究室まで到達する』アルゴリズムだ。

他にもいくつかの気の利いたプランを見せてもらった。どれも難しい課題に対して様々なアプローチを試みるアイデアだったと思う。アルゴリズムのコンテストは質の高いものになりそうだった。

だけど当時の僕は、その同世代のエリートの議論を、なんだか冷めた気分で聞いていた。

今思えば自惚れの強い子供だったと思う。その場のエリートたちより自分の方が優れていると思いたい気持ちは確かにあった。そういう意識が働いたせいなのか、僕は彼らのアイデアをつまらないと感じていた。実際は彼らのアプローチはなんら貶めるような内容ではなかった。今思えば、妙な選民意識で会話に加われなかった僕は彼らよりも一段幼かった。

けど当時の僕が彼らより優れている部分が一つだけあった。

僕は多分、その場の誰よりも、電子葉の〝使い方〟が上手かった。

彼らのプランを聞きながら、僕は半ば反射的にネットワークを検索していた。そしてネットの海に点在する公開されたアルゴリズムを高速でさらった。その中には目の前の少年達が考えたようなものが既にあった。その瞬間、僕の中で一線が引かれてしまった。彼らが考えていたことは〝ネットで調べられること〟の延長だった。

そう思ってしまった時、僕の気持ちはみるみると冷めていった。そして同時に、彼らのアプローチはきっと正解ではないんだと思った。正解のある類の問題じゃないのに、正解でないという確信が生まれた。解の出せないアルゴリズムは失敗だ。だから目の前の仲間たちのプランは全て無価値に感じられた。

僕は地図をなぞるだけの簡単なプランを提示して、彼らの輪を外れた。一応宿泊も出来る段取りをつけていたがそれも止めようと思った。ここでの作業は解に向かわないと思えた。

宿舎を出た僕は、考え事をしながら歩いた。

足は宿舎の隣の京都大学に自然と向かっていた。

ワークショップの参加者という公の許可を得て大学の中に入る。実は大学入口のセキュリティは開け放しに近いので、一般市民でも入ろうと思えば誰でも入れる。けれどまだ中学生だった僕には、電子的なセキュリティ以上に心の許可の方が重要だった。

蝉の声がうるさいくらいに響いていた。

夏休みの大学は人が少なかった。構内で見かけたのは何かのサークル活動をしているらしい人と、電子葉義務化に抗議する政治的な立て看板を作っている人。そして残りの大半は白衣を着た学生だった。

すれ違う度に啓示視界に公開個人情報《パーソナルタグ》が開く。白衣の学生は皆どこかの研究室に所属していて、京大の学生が夏休みも研究に明け暮れているのがよく解った。中にはベビーカートを押している学生までいて、子供を育てながら勉強なんてどれだけ大変なのだろうと子供心に心配したのを覚えている。すれ違う時に、カートの中の赤ん坊と目が合った。大人が見れば可愛らしいものなのだろうけれど、子供だった僕にはそれが勉強の妨げになるものにしか思えなかった。

その時だった。カートを押している学生のパーソナルタグが視界に開いた。

その中の一行、学生の所属する研究室の名前を見て。

あ、と思った。

小さな思考が僕に、傍に立っていた学内の案内図を見せる。案内図の視覚映像が鍵刺激になって電子葉の検索を誘発する。優先度順にフィードバックした情報は、僕の啓示視界に一本のナビルートを表示していた。

ナビの示す道を歩きながら、僕はあの課題について考えていた。

《駅から研究室に到達するアルゴリズム》

《駅から研究室に行くことの解》

気付いた時には、僕はその部屋の前にいた。

京都大学工学部　情報学研究科　知識情報学研究室。

考えるより先に、ドアを叩いていた。

どうぞ、という声を聞いて中に入る。室内は整然としていた。学生の使っているらしいデスクが並び、スチールの棚がパーテーションの代わりに室内を区切っている。その棚の向こうに人の気配を感じて、僕は部屋の奥に入っていった。研究室の一番奥の机には白衣を着た男性の姿が見えた。

男性は振り返って僕を見た。細身で五、六十くらいの壮年の男性は、顎髭を生やしていて、頬がこけていて、なんだか窶れているようにも見えた。薄く色の入った眼鏡の奥の瞳が僕を見る。

「君は？」

「あの、僕」僕は自分から入っていったくせに、慌てながら答えた。「プログラミングワークショップの参加者で」

「ああ」男性は眼鏡を上げる。少しの間の後、再び口を開く。「なぜここに？」

僕は、自分が一体なぜここに来たのかを考えた。頭の中で明文化はできていなかったけれど、その時はもう理解していたんだと思う。あとはそれを言葉にするだけだった。

「課題の……こちらの研究室に到達するアルゴリズムについて考えていて」

「うん」

「理由が知りたかったんです」

「理由？」

「アルゴリズムが、この研究室に来ようと思う理由です」

自分のアプローチを言葉に直して口にする。

「駅からこの研究室に来ようとするんだから、きっと何かの理由があると思うんです。目的があるんだと思って。でも、僕はこの研究室のことをよく知らないから、まずそれを調べなくちゃと思ったんです。だからその……来ました」

男性は椅子を回してこちらに向いた。

うん、と一つ頷く。

「この場所に来るための明確な目的があるならば、たとえどんなに手段が変わっても、最後には必ずここに到達するだろう」

君のアプローチは正しい、とその人は言った。そして隣の椅子を引き寄せて僕に勧めてくれた。

これが僕と先生の出会い。

京都大学知識情報学研究室教授。二十代で情報素子と情報材の基礎理論を作り上げ、四十代で電子葉を実用化させた、この世界を変えた才能。道終・常イチ先生。

それは先生との、たった一週間だけの授業の始まりだった。

「半世紀前、世界に流れている情報は今よりずっと少なかった」

先生はデスクの上に設置されたワークターミナルのディスプレイを指差しながら言った。

最先端の研究室のはずなのに古臭いなと思ったのを今も覚えている。

電子葉の急速な浸透によって〝画面を見る〟という行為はあの当時でもかなり減りつつあった。パブリックレイヤを使えばお互いの啓示視界に同じ情報を映しながら話ができたし、街頭の標識や広告の啓示化も年を追うごとに増加していた。

だけど先生は電子葉を入れていなかった。「自分で作ったのに入れないんですか」と訊いたら「入れてももう遅い」と返された。そういうものなのかなと、いまいち納得ができなかったけれど、とかく先生の話はその古臭いディスプレイと、アンティークみたいなハードコピーを見ながら聞くことが多かった。

画面の中に五十年前の映像が流れる。五十年前の京都の街並みは流石に今とは全く違っていたけれど、たまに映り込む寺や神社はほとんど変わらなく見えた。千年以上前からあるようなものたちは、きっと五十年程度なんとも感じないんだろう。

「映っている人々が手に持っているのが、〝携帯〟と呼ばれたデバイスだ。元々は携帯電話の略称だったが、電話以外の機能も増えたので次第に〝携帯〟だけで通じるようになった」

「それって困りませんか？　他にも携帯するものはあったんじゃ……」

「文脈で判断するんだ。高速言語化だよ」

高速言語という初めて聞く言葉が反射的に電子葉で検索される。意味の文脈依存度を高くして word を減らした言語。発信情報の量が少なくなるが、同時に受信側のシステムが複雑になる。通信情報圧縮技術の一つ。啓示視界に表示された概要をざっと理解して、なるほどと偉そうに頷いてみせる。先生はそんな生意気な子供を見て満足そうに微笑んだ。

「この携帯というデバイスで、半世紀前の人々は情報を発信したり受信したりしていた。ただし携帯でできることは今の電子葉と比べると格段に少なかったし、インフラの整備も全く不十分だった。たとえば携帯を使って衛星通信で自分の居場所を調べたりすることはできた。けれども」

先生は立ち上がって身振り混じりに言う。

「その携帯を持っている人間が〝どんなポーズでどっちを向いているのか〟までは調べられなかった」

「え?」僕は聞き返す。「人の状態が調べられなかったんですか?」

「携帯の向きだけは取得できた。けれど持っている人間の向きまでは取得できない」

「だってそれじゃ、ナビの時とかにどっちを向いてるか判らないじゃないですか」

「こうして」先生は〝携帯〟を持つような手つきをして、手首をくるりと回してみせる。

「デバイス自体を自分の手で回すんだ。物理的に自分の向きと合わせる」

「面倒くさい……」

「当時はまだ情報材がなかったんだ」

知識としては知っていることだけれど、改めてその事実を聞かされて僕は驚いた。

たとえばナビに道案内を頼んだ時、僕がどの道をどういう向きでどの程度の速度で歩いているのかは、情報材で作られた街の建物と道路が常にモニタリングしてくれている。ナビはその情報を元にルートを構築して電子葉にフィードバックする。だから手に持った機械をいちいち自分の向きと合わせて持ち続けないといけないだなんて、そんな面倒な時代のことは現代ではちょっと想像できない。衛星しか情報源が無い状態で、本当にナビとして機能するのだろうか。

「今は情報材が常に周辺状況をモニタしている。だけれど昔は、今のような全時モニタリングを嫌う人が多かった」

「なんでですか？」

「取得された情報が、意図しない場所や人に漏れるのを恐れていたんだろう」

「でもそれはデータ取得の問題じゃなくて、その後の管理の問題ですよね」

「それでも人は一度取得されてしまうことに嫌悪感を持ったんだろう。番号すら一切振らないでくれという時代だってあったんだ」

先生がディスプレイで古い資料を見せてくれる。自治体が市民管理ＩＤとして個人に番号を振ろうとしたら反対運動が起きたそうだ。どういう気持ちから反発が生まれたのかも僕には想像できなかった。

「しかし一度情報化が前に進んでしまったら、そこからはもう止まれない。進歩は避けられない」

あの時五十を過ぎていた先生は、自分の若い頃を懐かしんだ。

「高度情報化が進めば、扱う情報の量も、精度も、速度も闇雲に増えていく。それは今だってそうだ。我々はこれからもより多くの情報を集め続けるしかないし、より深く知り続けるしかない」

先生はとても幸せそうな顔をしながら。

「幸不幸とは関係なく、だ」

その表情と真逆の事を言っていた。

結局僕は同世代が切磋琢磨している宿舎には近寄らず、ワークショップの期間中、実家から毎日大学の研究室に足を運んだ。午前中に行って夜までずっといた。

その間、道終先生はずっと僕の相手をしてくれた。

課題のアルゴリズムを作るためという最初の目的はもはや忘却の彼方だった。僕は先生の話を聞くためだけに大学に通い、忙しいはずの先生も何故かずっと僕に時間を割いてくれた。先生はとても沢山のことを教えてくれた。当時の僕には、先生の話の全てが刺激的だった。

「情報は自由であるべきだ」

それは先生の好きなフレーズだった。

あの夏の数日間、僕はその言葉を幾度となく聞いた。

その日僕が見せてもらったのは、昔の先生の偉大な仕事の跡。現在の世界的ネットワークを成立させている基盤であり、誰にでも閲覧可能な公開情報。情報材の情報素子ネットワークを規定するソースコードだった。

当時の僕は先生の描き出したコードの美しさに魅了された。だけど今思えば、あの頃の僕はそのコードの凄さに一〇%も気付けていなかった。今なら九〇%まで理解できているると思うけれど、その数値も正しいかは解らない。開発当時二十代だったはずの道終先生が書いたコードはそれほど深奥な代物だった。

「実は雑なところも多いがね」

先生はそう言って手を伸ばすと、僕の頭の上に指を置いた。その些細なスキンシップに子供だった僕はどきりとした。先生が指差したのは前頭葉の斜め上、僕の頭皮の内側にある電子葉だ。

「情報材を開発している頃、私の頭の中には既に電子葉のイメージがあった。朧気にだが」

先生がさらりと言った一言に僕は驚愕した。二十代の頃の先生の頭の中には、その後世界を革命する発想がすでに詰まっていたのだと知った。僕の眼の前にいたのは、間違いなく人類を代表する天才だった。

先生の指が頭から離れて、再びディスプレイを指す。

「だから基盤となるネットワークも、来るべき時代に耐えられるシステムでなければならなかった。より立体的に。より空間的に。より経時的に」

画面には二つの模式図が並んでいる。一つは平面を何十枚も重ねたような模式図。もう一つは空間の中に箱が点在する3Dの模式図。

「積層、レイヤを重ねるイメージは以前からあった。平面を重ねて立体を形成する。OSI標準時代のプロトコルがまさにこれだ。だけれどこの場合、どうしても平面上の繫がりが積層間の繫がりより優先されてしまう。グループで分けているんだから当たり前だがね。次世代ネットワークはこの壁を取り払う必要があった。ネットワークは縦も横も高さも等価値として捉えるべきだ。距離だけが限定要因でなければならない。ベクトル方向の重み付けは足かせでしかない」

先生の話は専門的に細分化していくかと思えば、突然抽象的なイメージの話に飛ぶ。僕は少ない知識を電子葉で補いながら、なんとか先生の話についていこうと必死だった。

「脳と同じだな」

「脳？」

先生は自分のこめかみを指差した。電子葉が付けられていない、ただの脳。

「これが人の知っている一番優れた情報処理装置なんだ。だから技術は全てこれに倣えばいい。こんなに素晴らしいお手本があるのだから」

　先生が微笑んでディスプレイを見遣る。古めかしいキーボードを一つ叩くと、同じく古めかしいブラウザが立ち上がった。先生はブックマークからサイトに飛んだ。

　そのサイトには不思議な球体のグラフィックがあった。３Ｄで描かれた半透明の球体。その一部がサーモグラフィーのように赤く滲んで色付く。球の表面が滲んだかと思えば、消えて今度は球の内側に。赤い色の濃淡が各所に現れ、滲んで消える。

「この球体は京都市の通信網を球状に広げて表示させたものだ。このサイトでは市のネットの通信量をリアルタイムで測って表示している。通信量の多い場所は赤くなる。通信量が減ると黒に戻る。この経時的な濃淡変化が、脳の活動をモニタした時とよく似ているんだよ」

　僕はネットの活動を眺めた。そういえば前に読んだ古典の小説で、ネットワークに意志が宿って地球が一個の思考体になる、みたいな作品があったのを思い出した。

「そういうこともあるかもしれないが。仮に意識が生まれても時空間尺度《ベーシックスケイル》が我々と違うからな……お互い認識できるかどうか」

　先生は僕の子供じみた話も真剣に聞いてくれた。五十過ぎで、天才で、社会に認められた偉人である大人の先生が、十四歳の、何のバックボーンもない子供の僕と対等に話してくれるのが、僕はたまらなく嬉しくて、誇らしかった。

「赤くなっている部分を見てくれ」

先生が指をさす。僕は乗り出して画面を覗きこむ。

「御野君。この活動部分は、層《レイヤ》と呼べるかな」

「層じゃない……領域《エリア》ですよね」

「君は察しが良い」

先生は嬉しそうに笑った。先生に褒められることは、当時の僕にはアルゴリズムのコンテストで優勝するより何千倍も名誉なことに思えた。

「立体を意識することだ。活動領域の経時的な移り変わり。それが脳活動とそっくりになる。宇宙とも似ているよ。宇宙が誕生する前のゆらぎはこうだった」

話が幻想的に飛躍する。僕は先生の運転する銀河鉄道から振り落とされないように、電子葉を必死で走らせ続ける。

「御野君」

「はい」

「一つ、問題だ」

先生の何気ない言葉が、僕に緊張を走らせた。

「ネットの通信状態を脳活動と同じようにするためには、どんな条件が必要になるか」

僕は考えた。脳を回して、電子葉を走らせて、必死に考えた。頭全体が熱くなるような錯覚に陥る。脳が夏の温度を超えて過熱する。だけど答えは出なかった。

「……わかりません」

苦々しい気持ちでいっぱいになる。もちろん先生だって答えられると期待していたわけじゃないとは思う。でも先生に向かってこんなに恥ずかしい台詞を吐かなければいけないのが、僕にはあまりにも悔しかった。

「ネットを脳と同じにするには、たった一つの条件をクリアするだけでいい」

先生は言った。

「〝自由〟であることだよ」

「自由……ですか？」

「あらゆる情報が、軽重なく、貴賤なく、別け隔てなく、どこにでも流れられる状態が必要なんだ。そうすれば活動状態は自然に脳と同じになる。なぜなら人の脳は自由だからだ」

先生は、その場に広がるみたいに答えを呟いた。

僕に教えながら、同時に世界中に教えるように。

「御野君。君は自由でいなさい」

先生は僕に目を向けて言った。世界にではなく、僕だけに向けて。

「自由に情報が取得でき、自由に情報が発信できるところにいなさい。電子葉が広がって、新しい時代が来る。誰もが情報と融け合う時代が来る。だが人は情報を縛るだろう。秘密を作るだろう。常識《コモンセンス》が、道徳《モラル》が、経済《エコノミー》が、欲《グリード》が、あらゆるものが情報を縛り付けようとするだろう」

先生の言葉は真剣で、そして重かった。

僕は勝手に想像を巡らせた。きっと先生は、今まで無能な人達から無用の苦労を強いられてきたんだろうと。常識的な人達から、お金に汚い人達から、先生の才能を理解できない人達からたくさん邪魔されてきたんだと。

「それでも情報は自由でなければいけない」

僕は尊敬する先生の言葉に深く耳を傾けた。

それはもはや崇拝に近い感情だった。

「大切なのはただ一つ」

先生は僕に微笑んだ。

「開示情報《オープンソース》であることだ」

先生が僕に教えてくれたオープンソースのイデオロギーは、金や権力で雁字搦めになった大人たちの社会に真っ向から挑むような、汚い世界に穿たれた崇高な水晶の楔のような、綺麗で純粋な思想だと思えた。まだ幼かった僕にはそれがとても尊いものに見えていた。

先生は科学という思想に殉教する宣教師なんだと。何もわかってない、快楽とお金儲けだけ考えている無知蒙昧な大人たちと先生は違うんだと思った。先生は僕の憧れだった。

でも結局僕は、後になってから気付く。

自分が汚い大人の一人になってから気付く。

先生が組み上げた情報材のソースコード。それが造り上げる脳にも似た美しく神聖なネットワークが、何を生み出していたのかを。

先生が書き上げたコードの裏に隠されていたのは。

汚い大人達の利権だった。

7

子供は大人になる。先進的で社会保障の完備した幸福な日本では、頑張って大人になろうとしなくても概ね自動的に大人になる。まるで二酸化ケイ素が岩肌に集まって石英が伸びていくように勝手に。

だからあの時、まだバラバラのケイ素分子でしかなかった僕も、十四年の歳月とともに結晶化して一つの鉱石に成長した。けれどその成長の間に沢山の不純物を取り込んでしまった僕は、透明な水晶にはなれなかった。そして同時に、この世界に透明な水晶なんて存在しないのだと知った。

情報庁地下の駐車場で、二日間置きっぱなしだった自分の車に乗り込む。シートに座ると電子葉認証で車が立ち上がった。パシュ、という空気の抜けるような音と共に駐車場に配備されている充電機が車体の下から外れる。これは僕個人の車だけれど、通勤に使っている限りは公費で充電代が落ちる。公費とはつまり血税のことだが、言い出したらオフィスのコーヒーも飲めないのでいちいち気にしてはいられない。

車を静かに滑らせて駐車場を出た。

外に出ると夕方から夜に変わっていく時間だった。窓の外には高い建物がほとんど無い京都の景色と、その中で一際目立つ巨大通信塔・京都ピラアが見える。

情報企業の大手、アルコーン社が建てた京都ピラアは市の通信網の中核を担う通信塔だ。ついでにホテルや展望台も入っていて京都観光の目玉だが、古都の景観にそぐわないという理由で反対派も多数存在する。個人的にはピラアが出来てからの通信品質が非常に良いので、景観なんていうもやもやしたものよりは回線速度《ハーフォート》の方を重要視している。

ピラアから目をそらすと前の信号が変わった。半自動運転の車が緩やかに止まる。横断歩道を観光客が渡っていく。まだ宵の口で人通りは多い。まっすぐ帰るには早い時間だった。

　四条河原町辺りまで出て誰か探そうかと考えたけれど、なんだかあまり気が乗らなかった。今日はわざわざ知らない相手に声をかけてまで遊ぼうという気になれない。もちろん昨日の今日ということもあるが。昼に先生のことを思い出したから、少しだけ感傷的になっているのかもしれない。

　信号が変わる。丸太町通を東に走り、河原町通の交差点でハンドルを左に切った。車は鴨川沿いに北上していく。別にこのまま帰ってもよかった。けれどなんとなく、どこかに寄りたい気分だった。

　今出川通を越えて鴨川デルタまで来てしまう。この先に車を走らせても山に行き当たるだけだ。僕は橋を渡る前に曲がって、鴨川沿いから賀茂川沿いへ細道に入っていった。

　そこで、窓の外の明かりに気付く。

　路肩に車を停めた。降りて歩道を渡ると、川沿いに土手と河原が広がっている。僕は一段高い場所から賀茂川の河川敷を見渡した。

　明かりは、プラスチックハウスの〝集落〟だった。

　河原に並ぶ物置みたいなプラスチック製のインスタントハウス。大規模災害の後に建てられた仮設の住宅地のような、簡素で最低限の設備だけを持つ川沿いの〝町〟。市民の間では〝集落〟と呼ばれている。

ここは経済的なハンディキャップを持つ人達の生活地区だ。

何らかの理由で働けない、貯蓄がない、生活できないという人達に用意された基礎保障《ベーシック》住居《インカム》。昔の言葉では「ホームレス」と言ったらしいけれど、今の人々はたとえ簡素でも家を用意してもらえるのでホームレスとは言えないだろう。またここで暮らすほとんどの人は電子葉も備えている。義務化されてもう十五年になるし、それ以前に生まれた人でも申請すれば無償で付けられる。だからここの人達と僕の間に、装置的な差は存在しない。けれど僕と彼らの間には、厳然たる壁が存在している。

僕と彼らは〝情報格《クラス》〟が違う。

クラス。

情報の階級。

人間の階級。

《情報格規定法》により定められた新しい階級制度。電子葉の普及と共に公共的に整備されたこの新しい階級制度は、情報大国日本を皮切りに、現在先進各国でも導入の動きが見られている新世界の市民区分だ。

情報格規定法は、人々の情報の取り扱いに関する権限を規定する。

情報格《クラス》は各個人の社会的貢献度、公共的な評価、生活態度、そして納税額で上下する。

それは情報省人事局が統括する市民情報を元に査定され、すべての市民は市民基本情報格《クラス》

1から3までを振り分けられる。このクラスによって二つのことが規定される。

一つは、《取得可能な情報量》。

一つは、《個人情報の保護量》。

情報材で作られた現代の都市構造は、基本的に周囲のあらゆる情報を無差別に取得している。調べないでください、走査しないでください、という要求は通用しない。都市で暮らしている以上は、全ての情報は必ず一度取得され、あとは管理の問題になる。そしてその管理が、クラスと密接に関わっている。

クラスが高ければ多くの情報が得られる。

クラスが高ければ多くの情報が守られる。

クラスが低ければ情報は得られない。

クラスが低ければ情報は守られない。

つまりクラスとは、個人が扱う情報の〝自由度〟を定める階級だ。

標準的な市民には主に《クラス2》が割り当てられている。普通、といえばクラス2。そこから慈善活動をしたり、社会貢献度の高い企業活動などに従事すればクラス3に上がることができる。逆に交通違反などの社会的な罰則を受けたりすると《クラス1》に落ちることがある。

このクラス差は、生活においてそれほど極端な変化に繋がるわけではない。だがそれでも端々で様々な影響は存在する。たとえば保険に入る時はクラスによって保険料が変わってくる。またクラスが高ければ映画やライブなどでも良い席が確保しやすくなる。盗撮行為などによる情報流出の可能性が低いと判断されるためだ。

でも言ってしまえば、その程度の差とも思えなくもない。正直に言えば、僕はクラス1から3の間にそれほど大きな差を感じていない。

壁は、その下にある。

その時少し離れた所できゃはは、と騒がしい笑いが聞こえた。顔を向けると中学生ぐらいの男子が騒いでいた。三人組の男子ははしゃぎながら、暗くなってきた土手に並んで座っている。それから彼らは急に声を潜めた。僕には彼らが何をやっているのか大体判った。初めて万引きをする子が挙動で簡単に判ってしまうように。

きっとこの集落の中に、クラスメイトの女子が暮らしているんだろう。

集落に暮らす人の生活は最低限保護されているので、子供がいればもちろん普通に学校に通わせられる。教育は当然基礎保障の一部だ。だけれど生活保護を受けている彼らは、自動的にクラスが最低となる。基礎保障が許してくれるのは義務的な電子葉の取得まで。そこから先は税金《おかね》を払わない限り保障されない。

クラス0《ノンクラス》。

ほとんどの情報が得られない。

ほとんどの情報が守られない。

集落に暮らしている人間は全員クラス0となる。その中にはきっと若い女性も混じっている。きっとあの中学生達のクラスメイトも混じっているのだろう。

クラス0の情報は全くと言っていいほど保護されない。だからあの子供達は集落に暮らす女の子の情報をいくらでも取得できる。つまり盗み見ることができる。

情報材で出来ているインスタントハウスは、自らの仕事を全うして室内の状況を取得し続けている。それ自体は誰の家でも同じだ。僕の自宅のマンションも、情報庁のオフィスも、情報材のリアルタイムモニタリングに晒されない場所など無い。しかし通常の場合、その取得情報はセキュリティシステムの元に保護されて漏出することはない。

しかしクラス0の情報は保護されない。プライベートは垂れ流され、誰でも簡単にアクセス可能な状態に晒される。その気になればあの子供達は、簡単に集落の女の子の裸の映像すら入手できるだろう。クラス0とはそういうことだ。知られたくない秘密も、性的な情報も、全てが無差別に公開される。

オープンソース《丸裸》。

だから彼らのやっている覗き行為は違法ではない。倫理的に多少問題があるというだけで、直接罰する法律はない。見つかったら叱られる程度の悪戯。中学生の悪ふざけ。

　こうした状況はもちろん一部で問題視されている。今日僕が処理したメールの中にも《クラスカーストの倫理問題検討会への出席依頼》があった。でも正直に言ってしまえば、問題視しているのは本当に一部だけだ。この十年の間にも人の意識はどんどん変化している。

　あの中学生達もそうだ。彼らはもう立ち上がって笑いながら帰っていく。そんなに長く覗き行為をしていたわけじゃない。あの子たちにとっては本当に些細な悪戯で、そもそもクラスメイトの女子の裸にそんなに興奮するわけでもないのだろう。

　なぜなら相手はクラス0だからだ。

その体の情報は隠されていないから。

　きっと彼らも他の女の子には興奮するはずだ。同じクラス2の、きちんと守られた身体情報には反応を見せるはずだ。だけれど一切隠されていなければ、それは全裸で歩き回っているのと同じなのだ。だから価値がない。だから意味がない。そういう価値観が普通なのだ。

　実際、僕もそうだった。

　中学生の頃の僕は彼らと同じだった。この社会の中で同じように育って、同じような価値観を育まれた。クラス0の裸になんて興味は無かったし、クラス3の裸にはご執心だった。僕がその価値観に不自然さを感じ始めたのは、もっと大人になってから。

あの夏の、先生の授業の、ずっとずっと後だった。

結局僕はあのワークショップで、最終日のアルゴリズムコンテストを棄権した。何も作っていなかったので出すものも無かった。第一、もうコンテストなんかに何の興味も無かった。僕は最終日もただ先生と話していたかったし、最終日の先も、ずっとずっと先生と話していたかった。

だけれど最後の日、僕が研究室を訪れると先生はいなかった。研究室の学生に聞いても行き先は判らなかった。代わりに僕宛に、手書きの手紙が預けられていた。

そこにはこう書かれていた。

君は自由でいなさい。

情報が自由に得られる場所にいなさい。

クラス５を目指しなさい。

僕はその日初めて、３以上のクラスの存在を知った。それは漫画に出てくるみたいな

〝隠された極秘のクラス〟なんかじゃなくて、調べれば誰でもすぐに分かる情報だった。ただ一般人にはあまり関係のない世界の話というだけで。

内閣総理大臣と各省大臣にだけ付与される権限《クラス6》
情報庁の上級職員、審議官以上の者に付与される権限《クラス5》
情報を扱う職種、専門の資格取得者に付与される権限《クラス4》

一般市民の0から3までのクラスとは明確に分かれた、4から6のアッパークラス。専門の勉強をし、さらに国の主要な機関に勤めて初めて手に入る限定解除。それを目指せという言葉を先生は僕に残した。

そしてその日、先生は姿を消した。

先生は前触れもなく、突然失踪した。当時五十三歳だった先生は第一線で活躍する現役の研究者であり、京都大学だけでなく政府のプロジェクトや企業研究などのあらゆる場所で最新の研究を続けていた。にも拘わらず、それらの全てを放り出して、先生は忽然と消えてしまった。

情報材・電子葉と、世界を変える発明をしてきた道終先生は、失踪前には量子コンピュータの高速化理論に取り組んでいたらしい。先生は京都大学と企業の研究所を往復しながら、両方に設置されたスーパー量子コンピュータ《SQC》に掛かりきりだったという。もし大規模な高速化が実現すれば世界は三度変わっただろう。けれど先生はその研究も残したまま、姿を消した。先生がいなくなったことで人類の進歩は自転車から徒歩に逆戻りしたと研究界は悲しんだ。情報分野の多くの研究者が道標を失ったような気分になった。

そんな世界の空気が、僕の中に生まれた〝特別感〟を際立たせた。

道終先生が最後に残した言葉。

世界有数の天才が、僕だけに残した言葉。

中学生の僕にとって、それはまさに〝啓示〟だった。啓示装置が作り出すような偽物の啓示じゃない。尊敬する先生が僕だけに与えてくれた、機械には絶対作り出せない本物の神託。

僕はその日から先生が望んだ道を歩み出す。情報官僚の上層部だけに許された情報格、クラス5を目指して。

勉強は元々得意だった。僕は中学を出ると国内有数の進学校に進み、典型的なエリートコースに自分から乗っていった。高校では勉強の傍らに情報処理のことを詳しく学んだ。趣味の領域から更に一歩も二歩も専門的な分野に踏み込んでいった。特にネットワーク関連の言語、先生が作った情報素子系システムのコードに関しては、高校生の時にはもう専門家《プロフェッショナル》と比べても遜色のないレベルに達していたと思う。僕は先生が学んできたことを全て知りたかった。先生に少しでも近付きたかった。先生は僕の人生の星だった。そうして僕は順当に特待枠を取り、情報学研究の世界最高峰・京都大学情報学部へと進学した。情報庁への就職人数が全国で最も多い大学と学部。僕はまさに予定通りの人生を歩んでいた。そんな大学二年の時だった。

当時は暇な学生で時間を余らせていた僕は、ある意味偏執的なくらいに先生の残したシステムの解析にのめり込んでいた。情報素子の制御機構を延々解析し、ネットワークの全てを理解しようと躍起になった。それが先生へと近付く道だと思った。

その中で、僕は、ついに気付いてしまう。

情報素子が造り出すあまりにも美しいネットワーク。人の脳を模した多元領域の重なりから生み出される分散並行型情報網。その中に深く、深く隠れ潜んだ。

無駄に。

無駄。そう、無駄だった。最初は何かの間違いだと思った。あの先生がこんなことに気付かないわけがないと思った。しかし情報素子と情報材の基底システムには間違いなく大きな無駄が存在していた。ネットワークの伝達速度を局所的に偏らせ、遅らせ、精密さを欠如させる無駄が存在した。僕はその部分を改修した新しいコードを組み上げてシミュレーションにかけた。凡人の僕が作った新しいシステムは、先生が残した現行のシステムのクオリティを8%も上回っていた。そのたった一桁の数字は、世界の総生産にどれほど多大な影響を与えるか解らない、恐ろしく巨大な数値だった。

僕はそれから狂ったようにコードを読み込んだ。ネットワークシステムの完全な理解に努めた。さらに数ヶ月をかけて僕はついにその無駄の正体にたどり着く。

情報素子ネットワークの無駄とは、脳のシステムを模倣すると必ず現れる不可避の偏りだった。それは言うなればシステムを積み上げる際に生まれる〝癖〟のようなものだ。速度の速い部分と遅い部分、精密さの高い部分と低い部分、そういった偏りが脳に近いネットワークには必ず存在し、それがシステム全体のクオリティを落としている。

だけれど僕は戸惑った。

だって先生ならば、これを取り除くことだってできたはずなのだ。

こんなことが解らないはずがない。あの先生が、紛れも無い天才の先生が、僕でも気付くような簡単なデメリットに気付かないはずがない。だから僕は確信していた。このシステム的な劣化は、間違いなく故意に残されたものだと。そして今度は別の意味で悩んだ。先生がその偏りをあえて残したのは何のためなのか。

答えはすぐに見つかった。

先生は情報材の開発後に、いくつかの企業や法人の役員に招かれていた。それ自体は先生の功績を考えれば当然のことで何ら問題は無い。だけれどその系列の役員や、企業に関連する代議士の名前から一つの繋がりが見えてきた。ピースの間には一つの共通項があった。

それらは全て、《情報格規定法》に関係する組織と人間だったのだ。

僕の中で全てがつながった。ピースが揃いきり、見たくもなかった絵を浮かび上がらせる。

クラスとは、一部の人間が利権を目当てに作った格差なのだ。

先生が故意に残したネットワークの偏りは、ネットの中に速度差や精度差を生み出す。

それはシステムの仕様上不可避であるとされ、その割り当てを最初の根拠に制定されたのが現在の情報格規定法の前身条例だった。

クラスの高い者は、品質の高い部分を割り当てられる。

クラスの低い者は、品質の低い部分を割り当てられる。

けれど何も知らなかった頃の僕はそれに疑問を抱かなかった。ネットワークの仕様が情報格という階級制度とたまたま合致しているだけの、至って正当な割り当てだと思っていた。でも僕は知ってしまった。その偏りが先生の意志でわざと残されていたことを。より効率的で偏りのないシステムがありながら、それを選ばなかった理由。知ってしまえばシンプルな話だ。

〝癒着〟。

次世代ネットワークシステムの開発。完成すれば世界規模の新しい市場が生まれる。もちろんそのまま完成させるだけで世界は変わっただろう。だけどそこに種を仕込んでおけば、新しい世界で莫大な利益を生むことができる。

種とはネットワークの意図的な劣化。

それが生み出す情報格差。

それを最大に利用する格差政策。

途方も無い規模の話だった。だけれど僕が調べた組織や関係者には、それを可能にするだけの力が揃っていた。政治と官僚と企業。そして先生の研究。障害は何もない。良心以外には。

クラス政策は全てが作られたものだった。誰か個人の意志ではなく、数多の人間の欲によって。

先生は、より効率的で、シンプルで、フラットなネットワークを作ることもできたはずだ。だけれどその平坦な地平には〝価値〟が発生しない。株は価格に差があるから市場が生まれる。土地は価格に差があるから利益が生まれる。

先生は自らが作り出す新天地に、その差を人工的に作ったのだ。そしてそれを売ったのだ。商品が正義に則っている必要などない。政府にも企業にも儲けたい人間は無数に居る。そういう人間たちは先生の持っている未来の商品に飛びついたはずだ。知っていれば幾らでも儲けられる、世界を巻き込むインサイダー取引。

こうして先生は、自らの研究を捧げて、地位と名誉とお金を手に入れた。以降の電子薬開発につなげられるだけの地位と名誉と予算を手に入れた。

代わりに世界には、仕様の名の下にクラス制度が与えられた。

その答えにたどり着いた大学生の僕は、純朴だった頃に聞いた先生の言葉を思い出した。

『あらゆる情報が、軽重なく、貴賤なく、別け隔てなく、どこにでも流れられる状態が必要なんだ』

先生が教えてくれたこと。

オープンソースのイデオロギー。

僕を魅了した、汚い大人の世界に穿たれたはずの水晶の楔の正体は。

濁った水晶を溶かして見栄えを整えただけの。

ただの模造品《レプリカ》だった。

8

車をマンションの駐車場に滑り込ませる。駐車場のゲートをくぐった後はオートに任せ、僕は帰りがけに買った酒のつまみの袋を取った。契約スペースに停まると同時に充電コネクタが立ち上がる。

駐車場のエレベーターから十五階に上がる。二日ぶりの帰宅だ。誰が待っているわけでもないので部屋は暗い。ライトを点けると殺風景なリビングが照らし出される。３ＬＤＫは一人で使うには広過ぎたかもしれない。

情報庁キャリアなんていう偉そうな職に就けているお陰で、収入は人並み以上にある。このマンションもまだ一年も住んでないけれど、そろそろ飽きてきたので引越し先を探している。引越しは気分が変わって好きだ。副次的産物として女の子絡みの問題を整理できるというのもあるが。

グラスと氷を用意する。手に取ったウイスキーは結構な高級品だが実は貰い物だ。家にある酒の三分の一は贈答品だった。官僚なんかをやっていると、こういったものは引っ切り無しに届けられる。

袖の下、というほどのものでもない。価格を見れば一本数十万はする酒だが、情報庁に擦り寄ってくる企業さんからすればこれくらいはほんのご挨拶レベル。菓子折りと大差ない、無視されても構わない程度の気軽なお土産だ。

だから僕もそれに対して何か見返りを出すわけじゃない。むしろ何もしないことの方が多い。この無駄ばかりの取引が大人の世界のルールだ。子供は知らない、入ってきた人間《おとな》だけが教わる秘密の決まり。

しきたり。慣習。既得権益。useless rule useless style useless interest

大学を出て、社会に出て、僕はそういったものを学んだ。昔は知らなかった大人の事情というものを覚えていった。そして段々大人の気持ちが想像できるようになってきた。自分より四十も年上の、先生の気持ちも。

たとえどんなに研究者として優れていても、たとえ世紀の天才でも、結局先生は一介の学者でしかない。より大きな力に睨まれれば研究なんて簡単に潰されてしまうし、より大きな力に擦り寄らなければ研究は続けられない。だから政府と、企業と、金や力を持っている人間とは上手く付き合っていくしかない。

そうした既得権益に捧げるために生まれたネットワークの偏りは、きっと先生の葛藤の結果だったのだろうと思う。今もネットは先生の苦悩を体現したまま世界を繋ぎ続けている。まるで人の脳のように。

グラスに酒を注ぐ。一杯目を軽くあおって、すぐに二杯目を注ぐ。

去年、僕は情報審議官に昇進した。

そして情報格限定を解除されて、ついにクラス5となった。

先生の言ったクラス5に僕は到達した。クラス5の電子葉は様々な事が許される夢のパスポートだ。たとえば通常は法律に抵触するような行為でも、職務上必要な作業として制約無く行うことができる。非公開個人情報の広域取得、パブリックレイヤの限定凍結、公的情報を偽装して情報的に変装することすら可能だ。

またこれまでアクセスできなかった場所にもかなり自由に接続できるようになった。専門的な研究のデータベース。企業の非開示情報。全てクラス5の通行証で簡単に入場できる。人口一億人の日本で一〇〇人に満たないクラス5の限定解除者となった僕は、この国でできる情報操作のほぼ全てが可能になった。

だけど、それだけだった。

クラス5になっても、クラス4の延長的な事が可能になっただけだった。そこに大きな変化はなかった。量が変わっただけで質が変わらない。だから僕には何も変わったとは思えなかった。先生が示した場所に着いたのに、何も。

もちろんそんなことは、なる前からもう知っていた。クラス5になったから人の心が読めるようになるとか、超能力に目覚めるとか、そんなファンタジーみたいな変化を夢想していたわけではない。そもそも電子葉の能力では脳モニタから個人の思考を汲み取ることなど技術的に不可能だ。興奮しているとか落ち着いている程度の測定はできても、何を考えているかを明文化して拾うことはできない。それはただの魔法だ。

でも僕は、心の片隅で、そんな魔法を夢見ていたんだと思う。

先生が約束してくれた場所に、とても凄いものが待っていると。

二杯目の酒に一口だけ口を付けてから、ジェスチャで命令を出す。電子葉が一走りして、リビングのワークターミナルがスリープから目を覚ます。僕はターミナルの中のデータを電子葉にダウンロードした。合わせて自分の電子葉のセキュリティレベルを一段だけ上げる。クラス5の権限を使って、誰からもアクセスできない〝秘密の部屋《情報密室》〟を作り出す。

ダウンロードしたデータは〝薬〟だ。

電子葉薬《ドラッグ》。

電子葉の啓示装置に働きかける違法プログラム。法的な許可範囲を超えた啓示映像や啓示感覚を作り出して快楽を味わうためのコード。もちろん使用は違法行為で、発覚すれば前科と免職が同時にやってくる。庁を追われればクラス3に落ちるし、前科が付けばクラス1まで一直線だ。でも全てバレればの話に過ぎない。

そんなヘマをする気はさらさらない。データやログの取り扱いにさえ気を付ければ情報が漏れることはないし、データやログの取り扱いでクラス5の僕を上回る人間など国内に数えるほどしか居ない。そもそも足の付きようがないのだ。この電子葉薬は僕がこの部屋で書いて僕だけが使っている自分専用のコードなのだから。

ソファに深くもたれて、電子葉薬を走らせる。

現実の身体感覚が徐々に薄らいで、代わりに啓示感覚が主導権を取り始める。意図せず自然と笑みが零れたのが自分でわかった。それは自嘲だった。

大人になるまでの間に、僕はすっかり汚れてしまっていた。クラス5の権限で収集した個人情報を使って女の子を口説いて回り、クラス5のセキュリティの中で薬に耽る。片手間に仕事をして、遊んで、夢も希望もないまま刹那的な快楽を楽しむだけの毎日。それが嫌なわけじゃない。でも好きなわけでもない。ただ何も考えていないだけだ。クラス5に何も無いことを知ってしまった僕は地図を失った。6を目指そうとも思わなかった。そこもまた5から想像できる範囲に収まってしまうことを知っていたから。

もう現実の感覚は残っていない。薬の作る感覚が僕の脳を支配する。コードを書けば様々なものを脳に再現できる。時間をかけて丁寧に作れば酒池肉林にもいけるだろう。だけどそんなものを楽しいとは思わない。女の子と遊ぶのは現実で十分だ。

啓示世界の中で、僕は子供に戻った。

十四歳の体と感覚。十四歳の目線。先生と出会ったあの頃の僕に戻った。

もう忘れてしまって久しい身体感覚が、同じように忘れていた感情を呼び起こす。

〝期待〟。

現実を知る前の僕が持っていたもの。先生の魅惑的な言葉に僕が感じた気持ち。クラス5の世界に一体何が待っているんだろうと夢見た憧憬の感覚。僕はドラッグを使ってそれを再現し、その快楽の中でただ揺蕩う。

先生は普通の大人だった。だけれど一時でいいからそれを忘れたかった。僕は先生にずっと憧れていたかった。先生は汚い大人たちとは違う特別な存在なんだと、無邪気に信じ続けていたかった。

啓示装置が虚構のゆりかごを作る。夢の中で僕は夢を見る。もう通り過ぎてしまった未来を、わくわくしながら想像する。

それはあまりにも無駄な時間《useless time》だった。

9

久しぶりに定時に出勤する。昨日は早く寝てしまったので、今朝は早朝に起きてジョギングで軽く流す時間すらあった。大変健康的な生活だ。前夜に薬漬けという点を除けば。

健康的ついでに午前中で今日の仕事を全て片付ける。時間のある時ぐらいは三縞副審議官にポーズを見せておくのは悪くない。とはいえ元々大した仕事もなく、結局暇になってしまいニュースや通販のサイトを眺めていた。ワークターミナルの新製品が出ていたので衝動的に購入してしまう。一般人には全く不要な性能の最新型を買うのは僕のような処理《プロセス》マニアだけなのだから、こうして買い支えていかなければならない。

八十年前の人達はPC《パーソナルコンピュータ》と呼ばれるマシンを家に置いていたという。ただ携帯型デバイスが発展してからは大多数の人がそれだけで十分になってしまい、わざわざ家に据え置きの高速処理機を持つのは一部の処理マニアだけになった。そして今も多数派は電子葉だけでネットワークを利用していてワークターミナルを買うのはマニアだけ。半世紀以上経っているのに構図は全く変わらない。

「ちゃんと貯金していますか、審議官」

三縞君がコーヒーを置きながら言った。

「あまり」

「無駄遣いなさっていると、解雇された時に大変ですよ」

「解雇されるような真似はしていないよ」ここ二日で十を越える法律抵触行為を行った僕はしれっと答える。「それに無駄遣いというのも心外だ。ワークターミナルは仕事にも役立っているし。車や旅行なんかよりはよっぽど有益な趣味だと思うけどね。三縞君は何か趣味はないの」

「お茶と生花を少々」

空手とかではないらしい。生花に蹴るという所作があっただろうか。ちなみに彼女は京都のいいところのお嬢さんだ。美人で家柄が良く仕事もでき、二十五の若さでクラス4を持っているのは情報官房の中でも三縞君だけだ。僕が解雇されても彼女が居れば情報庁は安泰だろう。

その時、フオンと啓示音が鳴った。啓示視界にメールが開く。次長からだった。

「なんですか？」三縞君が啓示視界を見る僕に気付いて聞く。

「次長からのお呼び出しだ。十三時に来いって。なんだろう」

「ああ……」

三縞君は同情的な顔をすると、お世話になりましたと言って頭を下げた。解雇通告でないと信じたい。

10

午後になり、次長室に向かう。

廊下を歩きながら電子葉をフルに走らせ、個人領域《パーソナル》のセキュリティとログを再確認する。足が付くような真似は絶対にしていないはずだが用心しておくに越したことはない。もちろんクラス6の人間に強引にアクセスされていたら終わりだが、多分内閣総理大臣はそこまで暇ではない。

ノックをして、次長室に入る。

応接セットに座った次長がこちらに顔を向けた。情報庁次長、群守《むらかみ》・調《トトノ》エ。クラスは僕と同じ5だ。しかし三十を過ぎてから電子葉を付けた次長は流石に僕とは練度が違うので、この人に情報を抜かれるようなことはまず無いだろう。群守次長は現場サイドでなく政治サイドで力を発揮するタイプの人間だ。

そして次長の向かいには、面識の無い人物が二人座っていた。

一人は外国人の女性だった。白い肌と短く揃えられた綺麗なブロンド。年は僕と同じくらいだろうか。色素の薄い目がこちらに注意を向けている。

もう一人は四十前後の、精悍な顔立ちの男性だった。スーツ姿の男性は、身なりを見ただけでもお金を持っている人間なのが解った。

啓示視界に二人のパーソナルタグが開く。電子葉を付けていない相手の場合は視覚情報からネットを検索しなければならないが、お互いに電子葉を使用していれば公開個人情報がすぐに表示される。

ただ僕はタグを読む前から、その男性の顔を知っていた。

「こいつがうちの審議官の御野・連レルです」

群守次長がソファから腰を上げて僕を紹介する。頭を下げると、その二人も腰を上げた。

先に女性が手を差し伸べる。

「はじめまして。ミア・ブランです」

外国人の女性は流暢な日本語で言った。手を握り返して彼女のタグを読む。ミア・ブラン。医学・理学博士。専門《スペシャリティ》は神経生理。

続いて男性が手を差し伸べる。

背が高い。スマートな体付きの男性は、にこりと微笑んだ。その微笑みは、笑っているにも拘わらずどこか鋭かった。いるだけで周りの温度を少し下げるような、氷のような笑みだった。

「有主照《ありすてら》・問ゥ《ト》です」

手を握り返す。大物だ。

有主照・問ゥ。

情報通信事業の国内最大手企業、アルコーンの最高経営責任者《CEO》。それまで国内で三位の企業規模でしかなかったアルコーン社を、この十年で世界二位の規模にまで急速に成長させ、四十一歳の若さでCEOに就任したWhizz-kid《やり手》。啓示情報を確認するまでもない。世界的な有名人だ。

アルコーン社は情報通信に関するあらゆる事業を行なっているが、特にハードウェア方面のシェアは今や揺るぎない。情報材の敷設による地域通信網の整備、電子葉の受諾開発等、国と連携した事業も多数行なっている。近場では京都ピラアの事業主体企業でもある。

元々は半官半民の企業であり、情報自由化以降は完全民間となったが、今でも官庁との繋がりは非常に強い。なので情報庁にアルコーン社の人間が来ること自体はさほど珍しくはない。しかしCEOが直々に来庁するのは初めてだ。

「はじめまして。御野です」

僕は儀礼的な笑顔を作って返す。

「審議官の方にしてはお若い」

「こいつは優秀ですよ」群守次長が僕を持ち上げた。「それにこいつも、生意気にクラス5です」

「クラス5……この若さで？」有主照CEOは驚きの顔を見せた。「それはすごい」

「引き立てて頂いただけです」

僕は謙遜で答えた。流石のアルコーンの社長といえど、クラス5の人間を見るのは珍しいことなのだろう。資格試験で取得できる4までなら外部にいくらでも居る。タグの情報ではこの社長もクラス4となっている。しかし5以上は政府組織に属していないと与えられないクラスだ。これぱかりは能力でなく制度の壁がある。

次長に促されてソファに着座した。有主照CEOとミア・ブラン、次長と僕で向き合って座る。

CEOはにこやかに微笑みながら、その切れ長の目で僕を見遣った。

表情としては笑っているが、その瞳は理性的でやはり冷たい。こういう目の人間は大抵何かしらの裏がある。まあ社長なんてものは裏がなければやっていけないものなのだろうが。

「それで本日は……」

僕が促すとＣＥＯとミア・ブランは目線を交わした。

「これはもうかなり昔の話になるのですが……」ミア・ブランが前置きをして話し出す。

「以前に、我が社のデータサーバが改竄されたことがありました」

「改竄、ですか。外部から？」

「百九十二の並行サーバの同じ箇所がほぼ同時に改竄されていました。内部、もしくはそれに準ずる場所からのアクセスだと考えています」

「百九十二……すみません、その〝ほぼ〟のオーダーは」

「八ナノ秒」

僕は目を丸くした。

「事実ですわ」

ミアは僕の疑念を先に察して補足する。僕は素直に驚いていた。そんなことが可能なのか。

わざわざ確認するまでもないが、並行サーバは基本的にバックアップのために用意するものなのでデータ保全レベルは非常に高い。遠隔地のものもあれば定期的につなげるだけのオフラインサーバもあるし、またそれぞれの同期タイミングもバラバラにされていて、数カ所が駄目になっても必ずどこかでデータが残るようになっているはずだ。それにいくら内部からと言ってもアクセスフリーであるわけがない。外からクラックするよりはよっぽど楽だろうが、それでも百九十二台全ての改竄を八ナノの誤差範囲に収めるというのはもはや人間業ではない。

「御野」次長が僕に聞く。「できるか？」

「いえ……できませんね。少なくとも僕には」

悔しい返答だが事実だ。同じ事をやれと言われてもできないだろう。どんな方法でやったのかは知らないが超凄腕のハッカーだ。

「とあるデータが消されていました」

ミアは話を続ける。

「消去されたのは我が社の新技術研究所で進められていた、ある研究に関する全データでした。犯人はその研究を進めていた研究員の一人と見て間違いありません」

おや、と僕は顔を上げる。

「犯人がもう判っているんですか？」

「ええ。当社の研究所に来ていた客員研究員と見て間違いないでしょう。その消去の直後から本人は行方をくらましていますし……。私達は、彼が重要な研究データを持ち逃げし、そして残ったデータを消したのだと考えています」

「それで……」僕は少し頭を回して考える。「なぜ情報庁《我々のところ》に？」

ミアは一つ頷いて答える。

「私達は行方不明の犯人を探し出したいと考えています。また彼が持ち逃げしたデータも取り戻したいのです。こちらでもデータの復旧には取り組んでいますが、何分《なにぶん》消去が完璧なものですから……。サルベージよりは本人を見つけ出す可能性の方が高いと考えた結果、こちらにお伺いした次第です」

「しかしそれは警察の仕事では……」

僕は困惑気味に答える。確かに情報庁は全国の情報が集約するという点では人探しに協力できることもあるだろう。だがここに集まるのは結局情報だけだ。見つけたとしても実際に捕まえに行ったりはできないし、それなら最初から専門機関に足を運んだ方がいい。どうせ情報庁《うち》とは協力関係にあるのだから、要請があれば情報の提供もする。

「もちろん警察《警察庁》にも届けてはいます」ミアが困ったような笑みを作る。「しかし警察では見つけられないだろうとも思っています。なぜなら警察はもう、その人物を十四年も探し続けているから。なのに未だに手掛かりさえ摑んでいない」

「十四年?」

「彼が失踪したのは十四年前なのです。データが改竄されたのもその時です。私達は、その人物をもう十四年も探し続けているんですよ。でも全く見つけられずにいる。〝人類の頭脳〟などという大それた呼ばれ方も伊達ではないということかしら……」

頭が一瞬止まる。

そしてすぐ、猛烈に思考が走り出した。脳の中で何かがざわざわと騒ぐ。電子葉が闇雲にネットワークを検索し続けている。

有主照・問ウCEOが顔を上げた。

ずっと黙っていた彼は、僕の顔をじっと見つめて、言った。

「研究データを持ち逃げした人物の名は、道終・常イチ」

ぞわりと背筋が震える。

先生。

道終・常イチ先生。

そうだ。十四年前といえば、あのワークショップの夏。僕が先生と出会い、一週間だけの講義を受けた夏。先生が失踪したあの夏。

「我々は彼を探し出したい」

CEOの言葉が続く。

「彼が持ち出したものが何なのかを知りたい。そのために警察に任せるだけでなく、我々の方でも可能な限りの調査を進めたい。そうしてこの十四年、どんな些細な情報でも追ってきた。そして最近になり、また一つ小さな情報を手にした。その情報を頼りに、本日はこちらに足を運ばせていただいたんですよ。御野・連レル審議官」

名前を呼ばれて、放心していた意識が戻ってくる。

有主照・問ウＣＥＯは僕を見ている。

嫌な目だった。

細い目が僕の心を覗きこむ。逆にこちらからは向こうの意思が全く見て取れない。心の奥に何かを隠していながら、それを絶対に明かさない暗い瞳。まるで人間を狩猟の罠にかけようと待ち続けているような、そんな非人間的な目をしながら、彼は僕に訊いた。

「貴方は道終先生の最後の教え子だったそうですね」

11

オフィスのデスクスペースに戻ってブラインドガラスをインビジに変える。いつもは丁寧にフェードさせているが、命令《ジェスチャ》が滑って一瞬で真っ白にしてしまった。外の同僚が驚いたかもしれない。

椅子にドスリと腰を下ろす。ワークターミナルをスリープから復帰させる。立ち上がりの遅れが電子葉の処理とバッティングして遅延が発生した。こないだ自宅用に買った新型をもう一台買うべきだった。すぐさま啓示視界にネットショップのページを開ける。売り切れだった。僕は顔を顰めてウィンドウを閉じる。窓が消えた向こうでブラインドのドアが横に滑り、三縞君が湯気の立つカップを持って入ってきた。コーヒーが僕の前に置かれる。

「珍しいですね」

「何が」

「ご機嫌が悪いなんて」

「別に悪くない」

「そうですか」

「嘘だ。悪い」

三縞君はそうですねと言った。仰る通り、非常に苛ついていた。元凶はもちろんあの男だった。

アルコーン社CEO、有主照・問ウ。

思い出して再び苛立ちが募る。

あのいけすかないCEOは、あれから僕のことを根掘り葉掘りと訊いてきた。僕と先生の関係を無遠慮に質問されて、僕はしょうがなく昔の話をした。ワークショップで先生と出会ったこと。先生は僕に沢山の講義をしてくれたこと。夏の一週間、毎日先生と話をしていたこと。その説明をする間、あの男はずっと僕を観察していた。わざとらしく作った笑顔を貼り付けながら、値踏みするような目でずっと。

そもそもよく僕のところにまで辿り着いたものだと思う。十四年前の一週間という遙か地中に埋もれていたであろう情報を拾い上げて情報庁まで到達したことは驚嘆に値する。それに僕を先生の最後の教え子だと考えたことも評価しよう。クラス5のセキュリティに守られている僕の個人情報を正確に集められたことも素直に称賛してもいい。

だが一通りの話を終えた後に、あの社長は言った。

「そうですか。道終・常イチ先生の最後の教え子と聞き及んで、もしかしたら彼の失踪について何か手がかりをお持ちかと思ったんですが。いや、本当にそれだけの御関係だったとは」

思い出してまた顔を引き攣らせる。

それだけ、か。

それだけ、と言ったか。

そう、言葉に直してしまえばたったの一週間だ。時間にしたら四十時間にも満たない。それだけと言ってしまえば間違いなくそれだけだ。僕と先生はそれだけの関係でしかない。

だが時間の長さの問題ではない。あの企み顔の中年は全く解っていない。僕と先生がどれだけ濃く、どれだけ密度の高い時間を過ごしたのかを。僕が先生からいったいどれほど多くの情報を与えられたことか。そんなことも想像できない無理解な人間が、僕と先生の時間を「それだけ」と貶めた。軽視した。先生の思想の一端も、先生のコードの美しさの一%も理解できないだろう経済屋ごときにそんなことを言われる筋合いは一切無い。

そもそも〝データの持ち逃げ〟というのからして根本的に間違った事実認識だろう。別に僕は、先生が泥棒なんてしない善人だと主張するわけではない。だが先生が消すほどの重大なデータならば、どうせ作ったのも先生本人以外に無いのだ。つまり元々が先生の仕事に決まっている。それをさも自分たちの権利物のように語るのが間違っている。

もちろん先生は客員研究員だったのだから、雇用側には権利は発生するだろう。しかしラボや機材を貸しているだけの無能な連中が、先生の研究を我が物顔に語っていいわけがない。先生の頭脳は人類の宝だ。それを〝持ち逃げされた〟だの〝取り返したい〟だの思い上がりも甚だしい。

何度思い出しても何度でも腹が煮える。すると何がどう鍵刺激になったのか解らないが、啓示視界に今一番見たくない情報、有主照・問ウのプロフィールが表示されて僕はまた腹を沸騰させる。

二十代中頃までコンピュータ工学の研究者だった有主照・問ウ氏は、その後経営学に転向し、経営大学院を経てアルコーン社に入社。アルコーンの飛躍的な躍進に寄与した後にCEOに就任。現在では道終・常イチ等と肩を並べる世界的に有名な日本人の一人です。

という記事を読んでしまう。指のジェスチャを怒り任せに連発し、開いていたウィンドウをやけくそ気味に閉じていく。仕事の連絡らしきものもあったが構わず全部消した。

「こちらで処理しておきます」

三縞君は僕の閉じたシートを自分の権限で引き取る。今日は仕事にならないでしょうから、と付け加えて三縞君は部屋を出た。僕はなるべく優しく答えようと善処したが、結局不機嫌な声色でありがとうと言ってしまった。

情報の遮断されたオフィスで再び一人になる。

淹れてもらったコーヒーを一口啜った。身体より温度の高い液体が体内表面を伝う。

少し落ち着こう……。

こんなことでずっと苛立っていてもしょうがない。無知蒙昧な会社屋のことを考えてストレスを溜めても何の利益も無いのは明白だ。多分もう二度と会うこともない。向こうは僕が先生の情報を持っていないのを理解しただろう。情報庁としては世話になっているアルコーン社に協力するのは吝かでないのだろうが、そもそも十四年も手がかり一つ無い先生の新情報なんて我々の方が教えて貰いたいくらいだ。それは警察もきっと同じことだろう。

正直に言えば、僕は絶対に見つからないと思っている。

だってあの先生が自分で身を隠そうと考えて、それを実行したのだ。だとしたらもう我々では追跡《トレース》なんてとてもできない。僕らでは絶対に追いつけない。十四年前の手がかりをやっと一個見つけただけのアルコーンでは、先生に追いつけるのは何十年後だろう。その頃にはきっと先生は死んでいる。ご存命ならもう七十前だ。

結局、僕ら凡夫にできることなんて限られている。先生が残した遺産をせいぜい有効に使うこと。先生が見つけた発見をせいぜい追証明すること。先生が一人で先に行ってしまった道を、ゆっくりゆっくり辿っていくことだけ。

僕は息を吐いた。電子葉も少しずつ冷えてきた。

ジェスチャで啓示視界にウィンドウを開く。

世界で一番慣れ親しんだ文字列を眺めて心を落ち着けた。十四の頃からずっと見続けてきたもの。先生が僕達に残してくれたもの。どこまでも複雑であまりにも美しい、情報材のソースコード。

僕はまだ、この文字列にすら追いつけていない。

何百万行にもわたるソースを、もう何百回も読んでいる。だけれど僕は情報材の、情報素子ネットの全容理解には至っていない。読むたびに新しい発見がある。読むたびに新しい道を知る。

ソースコードとの対話は、先生との対話だ。

だからあの社長の認識はやっぱり間違いなんだ。僕はずっと先生の分身《ソースコード》と話をしてきた。

一週間だけなんかじゃない。あの夏から十四年間、僕は絶えず先生の思想《ポリシー》と対話し続けてきたのだ。誰よりも長く、誰よりも濃く。

だから今だって、いつだって、先生と話ができる。

啓示視界いっぱいに広がる文字列は、先生そのものなのだから。

《/redo_o》のコマンドに引っかかって、はっと我に返った。

啓示視界に浮かんだ時計を見る。気付けば二時間経っていた。僕は苦笑する。先生との対話はいつもこうだ。ソースを読むのに集中していると、外からの情報が一切消えてしまう。

すっかり冷めてしまったコーヒーを一口啜った。三縞君のコーヒーは冷めても美味しい。それは味自体の差ではなく付随するタグの影響かもしれないが。僕は今まで集中して眺めていた啓示視界に再び視線を戻した。

他の人はどうなのかは知らないが、僕はソースを読む時に左脳も右脳も電子葉も全部使っている。論的に読んでいる部分もあれば像的に捉えている部分もあるし、並行して電子葉の検索と処理も走らせ続けているので本当に頭の全部を使っている。その集中状態はとても心地が良い。

だから逆に論や像が噛み合わない部分に行き当たると、集中ははたと途切れてしまう。

僕は今引っかかったソースの一行を眺めて再び苦笑した。

それは些細なコマンドミスだった。《/feel_o》と《/redo_o》の書き違い。両者の命令で実行されるアクションに大した違いはない。強いて言えば後者の方が、ラインが一行長くなるくらいだろう。

実は先生が書いた何百万行のコードの中には、同様のミスが二十箇所ほど存在している。僕はほとんど丸暗記に近いほど読み込んでいるから、その全箇所を空で言える。

僕には、先生がソースを書いていた時のことが想像できた。

多分先生は、redo の方を書く癖を持っていたのだと思う。だけど redo を使うと一行回りくどくなるので気付いた時には書き直していた。しかし気付いていた場合でも、勢いに乗って書いていた時は直す方を面倒がって回りくどい命令のままで最後まで書き切ってしまったのだと思う。どちらにしろ動作に支障は無いので、このコードは先生の手を離れてからも特に直されていない。というより、このコマンドミスをミスだと認識できるのは相当偏執的なプログラマだろうと思う。もしかすると世界で僕しかいないかもしれない。それは流石に自惚れだろうか。

僕は先生の人間味が溢れたミスを、恋人と内緒話をするような気持ちで愛でた。

そのタイミングでオフィスのブラインドガラスが外からコンコンと叩かれた。情報ブラインドを開けると三縞君からメールが届く。内容は文化庁から頼まれている旧建築情報材化のシミュレーションだった。僕は一応上司なので、内容を確認して情報印《パーソナルスタンプ》を押すのが仕事だ。

シミュレーションデータに目を通す。才媛三縞君の仕事は通常のレベルとしては全く非の打ち所がないが、それでも先生のコードを眺めた後ではさすがに技術差が目立つ。比べるのは可哀想だけれど。

軽くさらって何箇所か修正して送り返した。ついでにコーヒーのおかわりを頼むと、電子葉が『女性にお茶汲みを頼むのは性差別』という古典運動のトリビアをくれた。世界の九十九%はこうしたジャンクインフォメーションで出来ている。DNAのようだなと思う。

太古の風習など気にしない現代人の三縞君は美味しいコーヒーを持ってきてくれた。二つ持ってきたところを見ると指導を仰ぎたいらしい。僕は彼女に椅子を勧めて、パブリッククレイヤを使って講義を始めた。先生のコードからものを教わっている僕もいつのまにか人に教える立場になっている。何もしなくても歳《年齢情報》は毎年一つずつ増えているのだと実感する。

「木造建築の情報材化はもう少し生体的にシミュレーションしないと精度が落ちる。木材は切っても生きているから」

「水分の移動を想定して組み込めということですか」

「いや、もっと。植わっている時と同じに考えた方が早い」

生体シミュレーションの論文を引っ張り出してきて啓示視界に貼り付ける。三縞君は真剣な眼差しでそれを読み込んだ。

「ご指導ありがとうございます」

三縞君が恭しく頭を下げる。こういうところはお嬢様然としている。物を蹴るというタグとの同居にはいつも齟齬を感じるが、そこが彼女の魅力でもある。

「私の仕事はミスが多いでしょうか」

「少ないよ。庁内では一番少ない」

「審議官よりも？」

「僕は別枠」

「むかつきますね」

三縞お嬢様はお嬢様然としながら上司を罵った。クラスの違いもあるのでこればかりは仕方がない。

「どうしたら審議官よりも上にいけますか」

「先生くらいのコードが書けるようになればいい」

「先生……道終・常イチくらいですか……」

三縞君は顔を顰める。

「無理です」

「そうかなあ」

「あんな規格外の天才と一緒に考えないでください」

「そんなことないよ。先生だって人間さ」

僕はパブリックレイヤにさっきまで見ていたソースを開いてあげた。ちょうど引っかかった部分をピックして示す。先生が面倒がって無理をしたコードだ。

「へぇ……」

三縞君は物珍しげにそれを眺めた。彼女だってここだと示してあげればミスだと判るだろう。ただ数百万行の中からこれを見つけられるのは、先生マニアの僕しか居ないというだけで。

「道終・常イチでもこんなミスをすることがあったんですね」

「そうだね」

「私、天才というのはもっと人間味の無いものと思っていました。こういう感情的で、非論理的なミスはしないものかと勝手に」

「ああ、まあそれは……」

僕はそこで止まった。

「どうかしましたか」

「いや……」

頭の処理が何かに引っかかって止まっている。電子葉は普通に動いている。つまり脳の方が止まったのだろう。

「何か？」

三縞君への返答もおざなりに僕は考えた。なんだろう。今何に引っかかったのだろう。

この感覚は……そう、齟齬だ。情報と情報が食い違っている。ずれている。二つの情報がそれぞれ反対に向いている。そんな感覚。

だって先生は天才で。

僕なんかが何年走り続けても追いつけないほどの天才で。

そして僕は先生のミスをいくつか見つけていて、それを三縞君に教えたりしていて。

ああ。

ああ、ここか。ここが間違っている。ここがズレていたんだ。僕はやっと齟齬の箇所に到達した。

先生が。

僕より下なわけがない。

「審議官？」

「帰る」

「は」

「ごめん。あと頼む」

僕はパブリックレイヤの処理もおざなりに帰り支度を始めた。荷物を持って早足でデスクスペースを出る。三縞君が後ろで喚き立て、庁舎を出るまで啓示視界と啓示聴覚でも散々罵声を浴びせてきたが正直それどころではなかった。僕は車を飛ばして大急ぎで自宅に戻った。

12

暗いままの部屋にワークターミナルの振動が静かに響く。連携した電子葉が啓示視界に無数のウィンドウを並べる。目線と首振りでレイヤを切り替え、キーボードとジェスチャを幾重にも交錯させながら、数百万行のコードを何百万回走査し続ける。

二四箇所の同義コード。

僕は順番にさらっていった。先生が情報材のソースコードに残した〝人間性〟を。

一〜三六バイトのブランクスペース。

先生が書いた数百万行の中には、時々通常と違うコードが使われている場所がある。処理の大系に影響を及ぼさないその誤差は、一見すれば制作者の手癖の違いでしかない。先生が面倒がっただけの無意味な痕跡でしかない。

四九箇所のリプレイスメント。

だけれど、もしそれが意図的なものだとしたら。

一〇八箇所の多重継承。

手抜きのようなミスコードにも、無意味なブランクにも、全てに意味があると仮定したら。先生が無駄なことなど一つもしないと仮定したら。情報材のソースコードを何百回と読んだものだけが感じられる違和感に、何かの意味が与えられているのだとしたら。

必死でコードの海を探りながら、僕は笑っていた。

なんで今まで気付かなかったのだろう。なんで先生のミスだなんて思えていたのだろう。僕は先生を知っているのに。誰よりも先生を知っているのに。どうしてこんなとんでもない勘違いをしていたのだろうか。

想像すればわかるだろう。

あの先生が。

ミスなどするわけがないんだ。

ソースを読み続ける。新しい違和感を見つけては全てピックアップしていく。情報が少しずつ顕になり、絡み合い、新しい読み方を提示してくれる。美しく洗練されたコードの中に潜んだ、あまりにもノーヒントで、どこまでも不親切な暗号。世界最高のコードの中に仕組まれた、世界最悪の不親切《スパゲティ》コード。

夜が明ける頃。

無精髭を伸ばした僕の啓示視界に、スパゲティの皿の中からすくい上げた、その二十四文字が浮かんでいた。

13

kitamon shinshindo 10:00

右手に京都大学の本部構内を眺めながら、今出川通を歩いて行く。学生の頃に幾度となく通った慣れ親しんだ道。北部構内と本部構内の間に差し掛かる辺りで僕は足を止めた。明るい色のレンガを積んだ、文化財のような建物。前世紀からの空気を残すアンティークな喫茶店がそこにある。

進々堂・京大北門前店。

昭和五年オープン、創業百五十年という老舗の名店だ。この店は朝の八時から開いているので朝食の時間から学生で賑わっており、昼も夕方もレポートを書く学生や一服する教員で埋まっている。京大の関係者なら誰もが知っている名物店と言える。

扉を押し開けて、中に入る。

木と漆喰の壁に囲まれた店内は、重要保存建築のような古の雰囲気を醸し出している。板張りの床の上に木製の長テーブルと長椅子が並び、喫茶店と言うよりは学校の教室のようでもある。

僕は店内を見回した。

もう朝食のピークを過ぎているせいか客はまばらだった。コーヒーを飲みながら啓示視界を読んでいる中年男性と、お喋りしている女子学生の二人組が見えたが、それ以外の客は居ない。

空いている席に腰を下ろす。給仕姿の店員が来たのでメニューも見ずにカフェ・オレを注文した。在学している時からのお気に入りだ。

顔を上げて、カウンターの奥の壁を見遣る。百年は動いていそうな丸時計が今も針を刻み続けている。九時四十九分だった。飲み物を待ちながら、徹夜明けの目をこすった。

馬鹿げている、と自分でも思う。

昨日一晩かけて、僕は情報材のソースコードに潜んだ〝暗号〟を解き明かした。いや、あれは暗号などと呼べるほど高級な代物ではなかった。暗号というものは決まった解読法が存在してこそ成立するものだ。そしてその解読法に不確定な部分があれば答えが変わってしまうので暗号とは呼べない。そういう点では僕が解いた問題は全く暗号ではない。解読の唯一のヒントが、僕自身の主観でしかないからだ。

僕はまず「先生はこんなことを書かないだろう」と思う箇所を全て洗い出した。誰かが見ていたら僕の作業を馬鹿げていると思うはずだ。「だろうって」と笑うはずだ。本人ですらそう思う。先生が書かないだろうコードって何だと聞かれても、具体的には何も答えられない。感覚的なものというしかない。

だけど僕は、まるで検索システムが決まった文字列をピックアップするように、ある種の確信をもってそういう箇所を次々と洗い出した。

僕の中には、僕の思い描いた先生が居る。僕だけが持つ先生像がある。

その先生を想像しながら僕はコードを読み解いていった。イメージの先生は「私はそういうコードを書く」「そういうパタンは書かない」「そこは偶然だ」「そこは故意だ」と逐一教えてくれた。あとは言う通りにするだけだった。全コードという物量から時間だけはかかってしまったけれど作業自体は至って単純だった。そうして集めた二十四文字は、一つの意味のある文章となって啓示された。

北門・進々堂・十時。

僕はその日本語に変換できる一文に従って、ここに来た。

もちろん今もって馬鹿げているという気持ちしかない。とても無意味なことをしているという思いでいっぱいだ。

まず10:00というのが全くもって不明瞭だ。そもそも時刻の表記なのかすら確定できていないし、仮に時刻だとしても朝か夜かも書いていなければ、日付も年も何も入っていない。もしかして拾い漏れがあるのかと思い、最後の三時間はずっと確認作業を続けていた。どこかに年や日付の指定が埋もれているのではとコードを何周もした。だけれど結局発見できなかった。僕の中のメソッドに照らす限り、拾えるのは二十四文字だけだ。それ以上の情報をすくい上げようとすれば、根本から考え方を変えなければならない。

それに仮に暗号だとしたら、そもそも誰に向けて書かれたものなのかが解らなかった。断言できるがあんなもの世界中の誰にも解けない。これは頭が良い悪いの問題ではない。解き方自体に無理のある問題だ。勝手で複雑なルールがあるけれど、それが一切伏せられている問題。乱数表を持っていない限り絶対に解けない問題。

考えれば考えるほど、僕の思考は常識的な結論に近づいていく。

〝そもそも問題なんてものは存在せず、昨日解いたのは僕が勝手に創造してしまった架空の暗号であり、現れた文字列も偶然でしかなく、全て無意味である〟という結論。

難解過ぎる暗号。誰に宛てたのかも解らない連絡。10:00としか書いていないメッセージ。全てが妄想の産物でしかないのかもしれない。先生が好き過ぎる僕が、薬のやり過ぎで夢見てしまった妄想《デリュージョン》なのかもしれない。そうに決まっているのに。

僕の足は、唯一の拠り所にすがってこの店に来ていた。

京大に勤めていた先生が。京大生だった僕が。

『北門の進々堂』と言ったら、ここしかない。

給仕がカフェ・オレを運んできた。テーブルの上のカップが湯気を上げる。ソーサーの上でスプーンに二つ乗った角砂糖。大学を出て数年ぶりに見るそれがひどく懐かしかった。

「すみません」

僕は下がろうとする給仕を呼び止めた。

「はい」

「お伺いしたいのですが……このお店に毎日十時くらいに通っている、七十歳くらいの男性が……」

その時、店の扉が開いた。入店して来た人に、僕は反射的に視線を送る。

目を丸くして、腰を浮かせる。

向こうも驚いた顔で僕を見て。

そして、微笑んだ。

人類の頭脳。世界の基盤を作りあげた才能。十四年間行方不明だった天才。

僕の人生の。

僕の。

「先生……」

「よく来た」

道終・常イチ先生がそこにいた。

九時五十五分だった。

ワークショップの一週間の間に、一度だけ進々堂に連れてきてもらったことがあった。その時も僕はカフェ・オレを、先生はスコーンのセットを頼んでいた。十四年経った今、僕と先生はあの時と同じ物を注文して向かい合っている。

六十七になった先生は、十四年という歳月の分だけ歳を取っていた。肌に刻まれた年輪も、一つ一つの動作の速度も、全てが先生に老人のタグを付けている。

けれど先生は間違いなく先生だった。顎髭、こけた頬、薄く色の入った眼鏡はあの頃と何ら変わらない。そんな先生を前にして、僕はあの夏の日に戻ったような懐かしい緊張感に包まれていた。

「クラス5になったのか」

先生は柔らかく微笑んで言った。

「なりました……去年、やっと」

答えながら僕は思考を巡らす。先生に何を言えばいいかを必死で考える。言いたいことが沢山ある。それ以上に聞きたいことが沢山ある。

「なぜ5だったんですか」最初の質問は、雑多な気がかりの中の一つだった。「6ではなく?」

「クラス6にはあまり意味が無い」先生は平易に答える。「機密を作るためにわざわざ用意されているだけのクラスだ。情報に人為的な価値を付与する上層、言うなれば〝相場〟を作るクラスさ。能力的にはクラス5で十分だ。どうしても欲しいというなら目指すことは止めないが、払った対価に見合うリターンはないだろう」

僕は自然と息を漏らす。それは感動の吐息だった。自分の知識と先生の理解が〝ちょうど良く〟整った会話の心地良さ。口元に笑みが溢れた。僕は今、先生と話している。その実感が体の隅々まで広がっていく。

「なぜ、失踪されたんですか」

「必要があった。姿を隠したかった。見つかると不都合なことをやっていたとしか言えないが」

「それは、アルコーン社のデータ改竄と関係があることですか?」

「ある。情報庁《君のところ》にも行ったか」

「CEOが直々に来ましたよ。警察庁も絡んでずっと先生を追っているそうです。……今更ですが、先生、こんなところに居て大丈夫なんですか？」

少し不安になって喫茶店の中を見回す。百年以上続く老舗とはいえ、この店も現代の建築基準に則って情報材化は済んでいる。つまり建材の表面・内部に付与された情報素子が、この店内の情報も逐次モニタリングしていることになる。僕の方はクラス5の権限でいくらでも情報操作が可能だが先生は違う。

「先生、あれから電子葉は……」

「入れていないよ」先生は簡単に答える。「だからこんなものに頼らなければいけない」

先生は片腕の袖を捲った。見ると腕に2センチ四方ほどのプラスチックチップがテープで貼り付けられていた。

「個人情報偽装装置《インパーソナー》？」

先生は頷く。

インパーソナーは偽の個人情報を作り出す違法装置だ。電子葉を備えている人間が持っていれば別人のタグを表示させることができるし、電子葉を備えていない先生の場合は備えている別人になりすます事が可能になる。情報材は常に周辺情報を取得しているので、電子葉の無い人間でも体格情報などからかなり高い精度で個人特定されてしまう。なので先生が身を隠すためにはこういった違法装置が必要になってくる。

「情報を取得させない型もあるが、肉眼との齟齬が出る。偽装型が最も見つかりにくい」

先生は腕を見ながら呟く。僕は試しに電子葉で周辺情報を取得してみた。店の情報材が拾った店内情報によれば、ここに座っているのはクラス5でパーソナリティが保護されている僕と、五十八歳の自営業者《韮沢《にらさわ》・厚《アツ》ミ》となっている。装置は順調に働いているようだ。これならば市中の喫茶店で話をしていても警察が飛んでくるようなことはないだろう。

「アルコーンは何か言っていたかい」

「先生がアルコーン社で研究していたデータを持ち去って消去したと。見つかったら企業訴訟は免れませんよ」

「訴訟か」先生は悪戯に笑う。「のどかな取引《slow trade》だ」

「消されたデータは復旧中とも言っていましたが……」

「消去ラグからデータの復旧は可能だ。アルコーンも十分高速な量子コンピュータを持っているからな。少し時間は掛かるだろうが」

そう語る先生は、少し楽しそうだった。

先生の姿が昔とだぶって見える。それは十四年前のあの夏、世界の情報化を語った先生。

オープンソースの思想を僕に教えてくれた、どこまでも純粋な科学者だった先生。

その追憶が僕の心を掻き毟った。

先生が解らなかった。

「色々聞きたそうな顔をしている」

そう言われて、僕は先生を見返す。

「答えられる範囲でなら答えよう」

先生も僕を見返した。

「僕には……解らないんです」

「何が？」

「先生です。先生が解らないんです」

たくさんの質問が、頭の中でまとまらないまま口を突く。

「先生は……、先生はなぜ情報材のネットワークに〝偏り〟を残したんですか。現在のネットは、情報素子の仕様から生まれる不可避の偏りが速度差を生んでいます。情報格差を生んでいます。それが今の〝クラス〟に繋がっている。先生なら、先生の技術ならそれを回避できたはずです」

「…………」

「現在のクラス社会は、先生が夢見た自由情報《オープンソース》の思想と真逆の効果を発揮しています。経済的な上層クラスによる情報独占、下層クラスの情報的不利。こんなのは自由でもなんでもない。ただの経済社会じゃありませんか。お金のため……だったんですか？　研究を続けるためにお金が必要だったんですか？　先生の思想が、先生の理想が、現実に潰されただけだったと言うんですか？」

僕は矢継ぎ早に質問を重ねる。

「わからないことはまだ沢山あります。先生は情報材と電子葉を実用化させて不動の地位を作り上げた。世界の賢人としていくらでも研究が続けられる環境を作り上げた。なのに先生は失踪した。なぜです？　それが目的だったんじゃないんですか。お金も地位も研究環境も手に入れた先生がなぜ居なくなる必要があったんですか。それとも情報材と電子葉を作って、全てに満足してしまったんですか？　だとしたらアルコーン社から消去したデータはいったい……。この十四年間、一体どこで何をしていたと言うんですか」

聞きたいことが湯水のように溢れた。僕はまるで子供のように大人の先生を問い詰め続ける。

「それに……あのコード。情報素子のソースコードに仕組まれていた暗号。この場所と時間。あれは何なんですか。一体誰に向けて発信したメッセージなんですか。先生は、先生は」

僕は最後に、ついに一つにまとまった本当の質問をする。

「先生は何をしようとしているんですか」

あの頃からずっと生徒でしかない僕は、まっすぐに先生に問い掛ける。

「僕はそれが知りたい」

「〝知りたい〟。それは本質的な欲求だ」

先生は呟くように言う。

「答えられることもあるし、答えられないこともある。だが私がしようとしていることは、今も昔も何ら変わっていない。まず仮説を立て、検証方法を模索し、そして実践する。Methods and Practice だ。つまり私も、君と同じだ」

「同じ？」

「知りたいことがある」

先生が眼鏡を上げる。

「御野君。知りたいというのはね、本質的な欲求だよ」

先生は薄い色のレンズを通して、僕を見つめた。

「この後、時間はあるね？」

14

先生の運転する車が、京都市内を東から西に横断していく。

車はかなり古かった。ウインカーを手動で出す車は最近ほとんど見ない。僕は電子葉を通して正確な年式を知る。ゆうに三十年は経っているアンティークカーだ。

「買い換えたいとは思っているんだが」先生は運転しながら呟いた。「一応これでも潜伏の身だからな。あまり羽振りの良い車に乗っていると目立つ」

僕は助手席で頷く。別にお金が無いというわけじゃないだろう。先生は情報材と電子葉に関する多数の特許を持っていた。大掛かりな研究を行う資金には足りなかったのかもしれないが、個人で使うには多過ぎる資産があるはずだった。

「車にも個人情報偽装装置《インパーソナー》を積んでみては？」

「データ上はそれで目立たなくできるだろうがね。だが走っている時にカーマニアに肉眼で見られたら登録情報《タグ》との齟齬が一発でばれてしまう。そういう点では私が別人になりすますよりも、車を別車種に偽装する方がよっぽど難しいわけだ。人は人の顔にそれほど興味が無いからな」

おかげでこうして十四年も隠れていられた、と先生は笑った。

確かに今の時代、誰もが登録情報《タグ》に絶対の信頼を置いている。そもそも偽装装置なんて普通に暮らしていたらまず出会わないのだから、タグを疑うという状況自体が皆無と言える。

「何かを隠そうとするなら紛れさせるのが一番良い。車は出荷台数の多い物が良いし、人も同じだ。中央値《メディアン》でなく最頻値《モード》を選ぶのが正解だ。〝探す〟という概念を考えれば解る。

特定の物をその他の物から抽出する作業なのだから、妨害するには境界条件を曖昧にするのが一番効率的なんだ」

「木を隠すなら森、ですか」

「君は昔から私よりも日本語が上手いな」

先生が僕を軽く褒める。そのちょっとしたやり取りが、僕には無性に嬉しい。

車は今出川通から西大路通に入り、丸太町通で再び西に曲がる。啓示視界の道路情報に花園・太秦の文字が見えた。

「どこに向かっているんです？」

「嵐山だ。そこに私の家がある」

「嵐山……もしかして、ずっとそこに住んでらっしゃったんですか？」

先生は頷いた。僕は流石に驚く。京都で失踪した先生が、京都駅からものの三十分の距離にある嵐山にずっと暮らしていたという。情報が偽装されていたとはいえ、それで本当に十四年も見つからないものなのだろうか。

「木を隠すなら森だろう？」

先生は悪戯な顔で言った。現実の結果として見せられてしまっている以上は認めないわけにもいかなかった。

「それで、先生のお宅に一体何が」

「うん」

信号が赤になり、車が止まる。先生はハンドルから手を離して言う。

「君に見せたいものがある。それは、この十四年の間に私が作ったものだ」

「先生が作ったもの……」

「だが、その前に」

先生が顔を向ける。

「少し講義をしようか」

「講義？」

「ああ。久しぶりに」

そう言って先生は微笑む。その時の先生の表情が、一瞬、十四年前と重なった。

心がにわかに高揚したのがわかった。僕の体を残して、心だけが、十四年前のあの日に戻っていく。

「君にはまだ教えたいことがある」

十四歳の僕は「はい」と頷く。信号が変わり、車が再び走り出した。

15

電子葉が現在位置を正確に知らせる。嵐山の駅を過ぎ、山に近付くにつれて住宅が少しずつ減ってきた辺りで、先生の車はウインカーを出して開けた敷地の中に入っていった。

そこは幼稚園のような場所だった。

白くて細い金属の柵が、広めの敷地を取り囲んでいる。中には平屋の建物が二、三あり、その中央にグラウンドのような広場があった。先生は広場の手前の駐車スペースに車を停めた。

車から降りる。駐車場には大型のバスが一台停まっていた。

僕は建物を眺めた。取得した視覚情報と現在位置情報を元にして、電子葉がこの場所の情報を引き出してくる。

「児童養護施設？」

ネットの情報に寄ると、ここはまさに見た目の通り、子供を対象にした福祉施設であった。

「『柿の木園』と言う。詳しいことはまあ、君ならすぐに調べられるだろう」

言いながら先生は歩き出した。僕も後に続きながら、言われた通りに情報を集めた。

《柿の木園》

二〇六八年　九月　京都市右京区嵯峨小倉山に養護施設『柿の木園』設置認可

二〇六九年　一月　本舎・児童静養棟完成
二〇七一年　二月　短期滞在棟・学習棟完成
二〇七八年　九月　自立訓練棟　増改築工事完成
園長一名　事務員一名　保育士三名　栄養士一名
入所児童　十四名（男八名　女六名）

啓示視界に開いた簡単なプロフィールを読み解く。身寄りのない子供を育てている小規模の児童養護施設だ。設立は十三年前。先生が失踪した翌年。

僕はクラス5の権限を奮ってより詳しい情報を漁った。オフィシャルのサイトに書いてある以上の情報をネットの海からすくい上げる。周囲の評判は上々。役所との関係も良好だ。園長の名前は韮沢・厚ミ。それは先ほど見せてもらった個人情報偽装装置《インパーソナー》のタグ、つまり先生の偽名だった。

「児童養護施設って……」僕は横に並びながら聞く。「先生がやっているんですか？」

「そうだ」

「失踪してから、ずっとこの施設の経営を？」

「もうすっかり園長先生さ」

目を丸くする。世界を変えた大賢人である先生が、人類の頭脳が、こんな京都のはずれで十四年も子供の相手をしていたという事実に驚きを隠せない。

「その……なぜまた養護施設を」

先生は答えずに微笑んだ。

平屋の小綺麗な建物に入る。玄関に踏み入った所で僕はまず戸惑った。下駄箱が並ぶ広い玄関で、十数人の子供達が集まって騒いでいたからだ。下は二、三歳から上は中学生くらいまで、男女入り乱れてはしゃぎまわっている。その中で保育士と思しき若い男性が早く靴を履きなさいと促していた。先生が保育士に声をかける。

「あぁ、園長先生。ちょうど出るところです」

「よろしくお願いします」

「はい。今日はこのまま向こうさんとお話ししてきますから。ほら、みんなバスに乗れ、バスに。じゃあ園長先生」

保育士は頭を下げて子供を追い立てた。小さな子達がバスに向けて急に駆け出し、中学生くらいの女の子が走っちゃだめと窘めていた。僕はその女の子から目を背ける。

「遠足ですか？」

「ではないんだが。まあちょうど子供達が出払うので、私達もゆっくり話ができるだろう。普段は四六時中騒がしい」

「そうですか……」

僕は遠ざかる子供達を見遣る。「先生、あの子たち……」

「うん？　ああ」先生も子供達を眺めて言った。「クラス0だよ」

もう解っていた情報が、先生の言葉で繰り返される。すれ違った時、僕の啓示視界に全員の個人情報が湯水のごとく流れ込んだ。十四人の子供達は全員クラス0だった。

もちろん、それが仕方のないことは解っている。

彼らは養護施設の子供達だ。親のいない子供、何らかの理由で離れている子供、事情はそれぞれにあるだろう。しかし共通点がある。現在公共の支援の元で生きている彼らは、経済的に裕福ではないということだ。

基礎保障のみで生きる子供達には必要以上のクラスが与えられない。賀茂川の〝集落〟で生活する子供と同じように、この施設の子供達もまた最低限の情報保護だけで暮らしている。だからあの子達の情報は開いている。たとえそれが思春期の女の子のものだとしても。

パブリックに展開したタグを見ると年長の女の子は十四歳だった。僕は一人で勝手に居た堪れない気持ちになる。

「たとえば」先生が口を開く。「私が費用を負担してあの子達のクラスを2まで上げることもできるだろう。だがそれはやってあげられない。養護施設の入居児童でクラス2というのは異例の好待遇で間違いなく目立つ。それは私には少し都合が悪いんだ」

「ええ。わかってます」

「あともう一つ。君は勘違いしているかもしれないが」

先生は僕に向いて言う。

「クラス0はそんなに悪いことじゃない」

「0が……ですか？」

「そうだ。確かに情報の取得という面ではクラス0は最低だ。ろくに何も調べられない。電子葉と情報材の恩恵をほぼ受けられないに等しい。だが逆に、クラス0が最も情報を開放している。誰にでも読める。それがクラス0の利点だ」

「利点？」

僕には欠点としか思えないポイントを先生は利点と言い切った。

「開放は重要だよ。〝オープンソース〟にとってはね。では講義のさわりに、御野君のさっきの質問に少し答えようか」

「え？」

「君はこう聞いた。現在のクラス社会が、自由情報の思想と真逆だと。これは私の主張と反しているのではないか、と」

僕は頷く。先生は続けた。

「現行の社会では確かにクラス間カーストが生まれ、情報には偏りが起こっている。ただ、この偏りは一時的に必要なだけのものであって、将来的には解消されていくことになるだろう。五十年後か、百年後か。情報カーストの時代を超えて、情報格差がフラット化された新しい価値観の時代は間違いなくやってくる。だがね、御野君」

「はい」

「それはなんら重要なことではないんだ」

「は？」

「私の考える自由情報というのは、社会に適用するものじゃない。たとえ現在が情報格差社会で将来が自由情報社会だとしても、その社会の変化は付随される結果の一つに過ぎない。むしろ現在の時点では、格差はあったほうがいい。それが私の求める自由情報への一番の早道であり、そして唯一の選択だった」

「どういう……ことです？」

先生は微笑む。

「講義を始めようか」

16

「〝メゾ回路〟」

先生は自分の言ったことをそのままホワイトボードに書き込んだ。

養護施設の中の広い教室で、僕は先生の〝講義〟を受けている。

明るい色調で統一されたレクリエイションルーム。壁際のオルガンと学校みたいなリノリウムの床は、ここが子供のための施設であることを強調している。部屋の一面はガラスサッシでグラウンドに面していた。子供達が乗り込んだ大型バスはもういなくなっている。

部屋の真ん中に据えられた一人用の机に僕は座っている。その姿はまるで小学生だ。正面には先生と、前時代的なホワイトボードがいる。僕は懐かしい気分でそれを見る。電子葉のない先生との講義はいつも古臭い啓示装置《ハードボード》と一緒だった。

「メゾスコピック神経回路の略称だ」

僕は先生の話の中身に集中する。

「メゾ回路はニューロンで作られる回路の名称で、この回路一つが脳の情報処理機構の単位になっている。神経細胞レベルのミクロな機構と、葉や脳全体のマクロな機構の中間、それがメゾ回路だ。メゾ、はまさに〝中間〟を意味する言葉だからな。脳は成長とともにメゾ回路を構築し、またメゾ回路の自己書き換えを繰り返しながら生きている」

「より具体的には、どういう定義付けがなされるものなんですか」

僕は特に前置きもなく質問をした。先生との対話はいつもこうだった。

「少し境界のイメージを曖昧に捉えておいた方がいいかもしれない。メゾ回路は何個の神経細胞だとか、特定の領野だとか定義されるものじゃない。機能で定義されるものだから規模の小さいものから大きいものまでの幅が広いし、無理に絞ろうとすると概念の本質から外れていくだろう。領野、小回路網、超微細構造、あらゆる階層にメゾ回路は存在し、連携しあっている。それにメゾ回路の解析は特定の一つを相手にするのではなく、複数の回路を同時に相手取らないと見えてこないことが多い。ベイズ三次元再構成だとか、多峰性分布に着目して初めてその姿が見えてくる」

「クラウド的な捉え方？」

「今、君がイメージしているので正解だ」

先生はにやりと笑って僕を全肯定してくれた。僕は先生が教えたい事を自分なりに理解したし、先生は僕が何を考えたかを一言で理解してくれた。〝意志が伝わる〟ということの原始的な喜びが脳内麻薬のように湧き出る。

「そのイメージの通りに考えて欲しいが、メゾ回路の機構と機能はとにかく複雑だ」

先生はホワイトボードに丸を一つ描いた。

「一つの丸をメゾ回路とする」

言いながら隣に二つ目を描く。二つに重なりあうように三つ目を描く。それから大小不同の幾つもの丸を、ぐちゃぐちゃに重ね描く。

「一個のメゾ回路は他のメゾ回路の一部であり、大きなメゾ回路の中には小さなメゾ回路が幾つも存在する。重なりあい、絡み合い、機能的に連携し合いながら、全ての回路が多点並行的に活動し続けている。今書いた二次元模式図でさえこの複雑さだが、脳は三次元的に構築されるので複雑さは幾何級数的に増していく。脳は、多分君のイメージよりも多くの情報を蓄えているよ。さらにそれが経時的に変化し続けているんだ。御野君。想像できるか」

「それをリアルにイメージするのは原理的に難しいのでは……」僕は情けない顔で降参する。「脳構造を脳構造が考えるというのはもはや哲学ですよ」

「哲学は自然科学の最前線だよ」先生は楽しそうに言う。「ただ君の意見に習うなら、私にはイメージできなくて、君にはできることになる。なぜなら君は脳の外に電子葉を持っている」

「それは、そうですね」

軽く揚げ足を取られてしまった。確かに電子葉の部分が追加されているのだから、そこを駆使すれば脳を考える事もできるかもしれない。やり方まではさっぱりわからないけれど。

「少し脱線したが戻そう」

先生がホワイトボードに向き直る。

「人の脳は生まれた時からメゾ回路を育て続け、複雑化させ続けている。脳は別に最適解を求める装置ではないから、時には遅かったり無意味だったりするメゾ回路も構築されるだろう。そういったものの積み重ねが人間の〝個性〟に繋がっていくことになるわけだ。たとえば御野君にも、なにか癖があるだろう？」

「癖、ですか」

いくつか思い出す。キーボードを打っていて手が止まった時に、FとDを打ちこまない程度に軽く叩くのは自覚している癖の一つだ。

「そういう些細な行動一つですら、長年かけて錯綜したメゾ回路の積み上げが産んだものだ。個性というのは脳神経のメゾスコピックなカオス化の現れと捉えられる。今ホワイトボードに書いた丸の合わさった混沌とした模様、これが一つの個性」

とかく伝えたいのは、と先生が声を強める。

「メゾ回路は複雑でありかつ経時的変化を続ける系なので、簡単には解析できないということだ。三次元構造の中で幾何級数的に増加した情報を相手にするには、並のコンピュータ解析では全く追いつかない。モデル化やシミュレーションには量子コンピュータが必要になる。それも現行最高性能に近いスーパー《S》量子《Q》コンピュータ《C》だ」

「それが、先生が失踪前に研究してたことなんですか？」僕は食いつく。「脳を解析するレベルの量子コンピュータを作れると……」

「ある速度に達した機器と、効率的な脳量子アルゴリズムがあれば可能だ」

「機械で人の心をすくい上げることが?」

先生は嬉しそうに笑った。

「そんなものは入り口だよ」

午後になっても先生の講義は続いていた。先生も僕も休憩なんて必要としていなかった。このまま体のATPが無くなるまで話ができると思えた。

「御野君はあの暗号を解いたわけだが」

暗号、の言葉に僕は眉根を顰めて先生を見る。

僕を先生の元に導いたあまりにも不親切な暗号。道終先生の偏執狂だけしか解けないだろう最悪の隠しコード。

「あれのどこが暗号なんですか。あんなもの、他の誰にも解きようがありませんよ」

「しかし君は解いた」

「僕にしかできません」反感と誇らしさの感情半々で言う。「先生のことを延々考え続けてきた僕にしか解けません。先生の癖や思想を理解していなければ、あれがミスではなく故意だとは絶対に気付けないでしょうから」

「それで合っている。あれは、そういう暗号なんだよ」

「そういう……？」

「暗号はバランスだ」

先生は天秤のように両手を差し出して見せる。

「暗号だから解かれてはならない。暗号だから解けなければならない。その二つのバランスが大切なんだ。私は情報材のコードの中にあの一文を残した。だがもし誰にでもわかるような暗号だったらすぐに見つかって消されてしまうだろう。あれは情報材のシステムにはなんら不要な文字列なのだから」

僕は頷く。そんな私的なメッセージが世界標準インフラのソースコードで見つかったら消去されるのは当然だ。

「逆に暗号だと気付かれないように、見つからないように、偽装を完璧にしていけば残り続ける。誰にも発見されないまま有り続ける。しかしそうなると逆に解けなくなっていく。暗号自体が見つからないような状況では誰にも解くことができない。残した意味がなくなってしまう」

再び頷いた。今回の偽装コードはまさにそっちだ。誰にも見つからない、代わりに誰にも解けない暗号。

「もう判るだろう？」

「え？」

僕は顔を上げた。先生が僕を見ている。

「だからあれは、そういう暗号なんだ。〝誰にも見つけられない、ただし僕のことを十四年も考え続けるような偏執狂の生徒にだけは見つけられる暗号〟だ」

ぞわ、と、体が震えた。

首筋から氷水を流し込まれたみたいな感覚が背骨を伝う。感覚の後に思考が追いついてくる。

この人は、この人は、なんという。

「失踪する前の最後のアップデートで残した。あの夏の、最後の二日くらいだったか」

「じゃああれは……」僕は震える声で聞く。「僕に。僕だけに向けて残したメッセージだったって言うんですか……」

「機能してくれたようで嬉しいよ」

僕は笑った。もう笑うしかなかった。そんなもの、誰が想像できるだろうか。目の前の先生との間の、あまりに深い谷に愕然とする。電子葉の有無なんて関係ない。頭の作りが根本的に違う。

「こういう暗号の作り方もあると覚えておくといい」先生は至極簡単な事を語るように続ける。「人間の癖や偏りを利用するシステムだ。強固にはなるが、その分解凍に時間が掛かるようになる」

「十四年は掛かり過ぎです……実用的とは思えません」

「そうだ。だがこうも言える」

先生は少しだけ瞼を広く開いて僕を見た。室内の明かりが先生の目を輝かせる。

「もしこの世界に、君が十四年かけて考えたことを一瞬で考えることができる人間が居たら、そのシステムは実用に耐えうるだろう」

僕は先生の言葉を一度分析してから、そうですねと答えた。先生はまるで夢を見るような目で、夢みたいな話を語っていた。


ガラスサッシの外のグラウンドが橙色に染まる。気付けば日が暮れつつあった。

僕は先生と五時間以上に渡ってずっと話し続けていた。先生が窓の外に顔を向ける。

「そろそろ戻ってくる頃か」

そういえば子供達がバスで出かけていたのを思い出す。ここは児童養護施設だった。騒がしい子供達が戻ってきたら、そこで先生の講義は終わるだろう。

寂しい、と思った。

ずっとここで先生の講義を聞いていたかった。先生と話をしていたかった。僕は半分無意識に、縋るような目で先生を見ていた。だけれど先生は僕の希望を全て汲み取った上で、それを断ち切るように微笑んで。

「最後の話をしよう」と言った。

「これから話すのは、今日君に教えた事のまとめだ。そして同時に私という人間のまとめでもある」

「先生の、まとめ……？」

「そんなに長くはならない。聞いてほしい」

強く頷く。そんな大切な話を僕が聞かないわけにはいかない。

先生は静かな言葉で語り始めた。

「私が二十代の時に構築した情報材のネットワーク。情報素子を都市構造全体に配した自立型の大規模情報網。その基礎的な思想は、立体領域の網を同時並行的に、無差別に構築する系、つまり人の脳を模したものだった」

僕は目だけで頷きながら聞く。それはもう知っている。人の脳活動と同じ挙動を示す情報材のネットワーク。不可避の偏りが故意に残された、不完全なネットワーク。

「ネットワークは誕生した時からずっと成長している。それは極めて人の脳の成長に近い。ネットワークの各所には今日教えたメゾ回路が多数形成されて絡み合っている。情報材の誕生から四十年、いやネットワークそのものの誕生から百年余り、現在の情報ネットワークはメゾスコピック・カオス化がかなり進んだ状態と言えるだろう」

「ネットワーク全体が一つの脳になっていると?」

「いや脳と違って空間の限定的な一箇所に押し込めてあるわけではないからな。そこに意識が誕生することはない。ただしカオス化が進んでいくと、そこには誰の意図も介在しない〝偏り〟が現れる。つまり〝癖〟が現れる。想像できるかね」

それはまさに、僕がトレースした先生の思考だった。

世界のネットワークに自然に生まれる〝癖〟。自宅のワークターミナル一つだって使い込んでいけば領域の使用に偏りが出てくる。ネットワーク全体に数えきれない偏りが存在するのは想像に難くない。

「御野君。このネットワークの〝癖〟を取り除けると思うかい」

「脳構造の模倣を放棄するしかありません」僕は以前に考えたことを発表する。「それをやるには系の構築が始まる以前でないと……。世界の情報材ネットワークはもう四十年かけて構築されてしまっています。これを作り直すには建築も、道路も、全てを平らにもどすしかない。今からでは到底不可能です」

僕は明確に言い切る。先生の言う〝癖〟は、脳を模したネットワークでは仕様上不可避の堆積物だ。ネットワークそのものの複雑な絡み合いから生まれている〝癖〟は、取り除こうとすればネットワーク全体を捨てるしかない。

「そう。取り除けない。そもそもどの部分がその〝癖〟なのか誰にも見分けられないだろう。君が私の暗号を解いた時と同じだよ。君は十四年の経験の累積から私の癖を見抜いた。それと全く同質の、ただし量も難度も桁違いの〝癖〟がネット中に存在すると思えばいい。見抜けないし、解けもしない。誰にもね。ただし」

先生が僕の目を見つめた。

「解ける人間にとっては、その〝癖〟は利用できる〝穴〟になる。君が私の暗号を解いてここに来たように、解ける人間だけが通れる〝道〟になる。それはつまりネットワーク自体が持つ弱点だ」

「弱点……？」

「他の人間はそれを取り除くことができない。君が思う通り、不可避な堆積物だ。除こうとすればネットそのものを捨てるしかない。解るか、御野君。私が言っているネットの〝癖〟というのはね」

先生は楽しそうに笑った。

「絶対対処不能のセキュリティホールのことなんだよ」

「セキュリティ、ホール？」

僕は反射的に思考していた。先生が言っていることが何らかの危険を孕んでいると直感的に感じた。理解を進めたくて脳をフル回転する。先生が作り出したネットワークの

〝癖〟が、本当に誰にも取り除けないセキュリティホールになるとして。

いや、でも。

「先生……先生は今自分でおっしゃいましたよ。解ける人間にとって、と。ならそのホールは無意味です。だって、解けません。誰にも解けませんよ。僕専用に誂えてもらった問題ですら十四年もかけてやっと解いているのに、そうでない、自然に生まれたカオスを処理して解いていくなんて、何十年、何百年、何千年計算したって無理じゃないですか。先生の言っているセキュリティホールは確かにネット全体に存在する欠陥かもしれません。ですがそれは、この世の誰にも利用できない欠陥ですよ……」

「私と同じ結論だ」

「え？」

その時ザザザという音が聞こえて、僕は窓の外に目を向けた。砂利敷のグラウンドに一台のタクシーが入ってきていた。車が停車して、後ろのドアが開く。

降りてきたのは女の子だった。その服には見覚えがある。養護施設の年長の子供、昼前にバスで出かけていった中学生のようだった。女の子はこの建物に向かって歩いてくる。

彼女は玄関の方に回って、窓枠の外に消えていく。

「四十代で私は電子葉を作り上げた」

はっとして、先生に向き直る。

「電子葉は人の脳の情報取得能力と処理能力を向上させた。現実にこの二十年で人類の情報処理能力は飛躍的に上がったし、これからも上がり続けるだろう。ただ、あの頃の私には、もう少しだけ先が見えていたんだ」

「先……電子葉の先？」

「私は失踪の直前まで、京都大学とアルコーン社の研究所にある二台の量子コンピュータを用いて研究を進めていた。大学で理論的な部分を突き詰めて、アルコーンの社内ではハードウェアとしてのテストを繰り返した。試用版が完成した所で、私はそれを拝借して消えた」

先生の話が僕の考えに、少しずつ、少しずつ、バイアスをかけていく。

結論はこっちだと導くように、僕の思考を誘導していく。

廊下を歩く足音が聞こえた。

「最後に私はこの児童養護施設を開き、十四年間経営を続けてきた。だがそれも今日で終わりだ」

「終わり？」

コツコツという足音が少しずつ近付く。

「子供達がバスで出て行っただろう。他の施設に転園していったんだよ。柿の木園は今日で閉園なんだ。もう役目は果たした」

「役目って……なんですか」

「〝木を隠すなら森〟だよ」

教室の引き戸が開けられる。

さっきタクシーから降りてきた中学生の少女がそこにいた。

長い黒髪に、制服の長いスカート。そこはかとなく硬質な表情と、硬質な佇まい。高価な人形のような印象の女の子は、美しい足取りで部屋に踏み入った。

同時に僕の電子葉に情報が流れ込む。クラス0の彼女の何にも守られていない個人情報《パーソナルタグ》が啓示視界に無遠慮に開いていく。

十四歳。

道終・知《シ》ル。

「御野君。これが君の知りたがっていたものだ」

「え？」

「この子が、私のやろうとしたこと」

先生は、やっと肩の荷が降りたというような、安心した顔で言った。

「量子コンピュータの電子葉〝量子葉〟を付けている、この世界で最高の情報処理能力を持つ人間。ネットワークの全てのセキュリティホールをただ一人だけ利用できる人間」

僕は目を見開いた。

世界最高の情報処理能力を持った人間。

世界の全ての情報に手が届く人間。

先生。先生。

あなたは。

「あえて君たち政府官僚の尺度に当てはめて表現するなら、そうだな……」

「〝クラス9〟だ」


9。

9？

クラス9、だって？

頭が混乱している。そんなものは存在しない。そんなクラスは存在しない。この少女はクラス0だ。だけどもし本当に先生の言う通り、ネットワークの全ての情報にアクセスできるのだとしたら、この世のあらゆる情報を自在に手に入れられるのだとしたら、それは。

「お父さん」

少女の声が発せられた。僕はびくりとしてしまう。

少女は先生に歩み寄ると、静かに寄り添った。彼女は先生の胸に抱きついて。

そして、一筋の涙をこぼした。

先生が彼女の頭を優しく撫でる。

「御野君」

「は、はい」

「後のことを頼みたい。そのために君を呼んだ」

「後？　後ってなんですか？　どういうことですか？」

先生は彼女の肩を優しく摑んで、体を離した。

「お父さん」

先生は少女に優しく微笑みかけ、そして僕に顔を向けた。

「科学が求めるものはなんだ？」

それは問題だった。

先生が僕に出した問題だった。

僕は考えた。考えた。考えた。

けれど僕は答えられなかった。

初めて会った時から僕は、先生に一度も追いつくことができなかった。

「〝全知〟だよ」

先生は解答を呟くと、懐から黒い塊を取り出した。僕がそれを銃だと認識する間もなく、先生はそれを自分のこめかみに当てて、「先に行く」と言って、そのまま撃ち抜いた。赤い血液がホワイトボードを彩り、リノリウムの床を真っ赤に染めるのを、僕は呆然と見つめる。

そして出会ったばかりの少女は。

道終・知ルは、その残酷な光景を前にして取り乱すこともなく、ただ立ち尽くしていた。頬の涙はもう乾いていた。彼女は目の前の惨劇の一切を、起こったままに受け入れていた。

まるで。

知っていたとでも言うように。

Ⅱ. child

1

薄いグレーで統一された部屋。

四十平方メートルほどの小広い空間は、テーブル一台とイス二脚以外に何もない。単色のフラットな壁とフラットな床からは何の情報も得られない。同色のドアもすっかり壁に溶け込んでいて、視力の低い人はどっちから入ってきたのかすら失ってしまいそうだ。中にいる人間の精神を無闇に左右しないように計算し尽くされたオールフラットスペース。

名称情報は取調室。

「自殺」

正面に座る刑事がぼそりと呟く。

「に、疑う余地はないんですがね」

取り調べを担当してる中年の刑事は百六十五センチくらいの小柄な男だった。刑事というのはみんなごついものかと思っていたがそうでもないらしい。ただ着ているよれよれのシャツとスーツはなんともそれらしかった。こういう服装は刑事ものの時代劇ではよく見るけれど、現実でもあまり変わらないのだなと感心する。

「ただまあ、本人が銃の引き金を引いたから一〇〇％殺人じゃないってわけでも無くてですね。ほら、今はみんな頭に機械でしょ。こいつを使った巧妙な殺人事件なんてのもね、無くは無いんですよ」

刑事は自分の頭を指さして言う。

「無理やり過激な映像を見せるとか……あと電子葉薬《ドラッグ》とかね」

「ええ。情報庁にもその手の問題は上がってきますから。存じ上げていますよ」

「話が早くて助かりますな。いや、お役人さんとはお仲間ですし、別に好き好んで疑いたいわけじゃあないんですが。これも仕事でねえ」

刑事は自分の啓示視界を眺める。多分調書やら何やらが表示されているのだろうが、パブリックレイヤでないのでこちらにはわからない。ただその視線の走らせ方でこの中年刑事が電子葉に不慣れなことが見て取れた。四十以上の人間は大体こんなものだろうが。

「で。十四年ぶりに道終・常イチ本人から連絡があったと。先週ですか？」

中年刑事は視線を上げて聞いてきた。

「ええ」

「メールですか」

「そうです」

「しかし記録《オフィシャルログ》がありませんが」

「隠れていた先生が足跡の残る方法で連絡してくるわけありませんよ」

「そんな簡単に消したりできるもんですかね」

「先生なら」

「そりゃ厄介だ」刑事は巫山戯《ふざけ》たように言う。「あなたのところにも残ってない？」

「こちらも処分しました。内密の相談事だと思ったので」

「ふうん……」

わざとらしい視線が僕を見遣る。あまり気持ちの良いものではない。が、もっと気持ちが悪いのはこの部屋だ。

取調室は、情報材の素子密度が非常に高くなっている。六方を囲む壁と床には街中の建材よりも多くの情報素子が含まれていて、室内の情報を高精度でモニタリングしている。「取り調べの可視化」なんていう建前も一応あるが、ようは部屋まるごとの嘘発見器だ。

流石に心の中を読めるわけではないので一〇〇%は見抜けないが、脈拍、体温情報、僅かな挙動不審もすべて拾い上げて、その連絡を受けた室内の刑事が容疑者を無遠慮に締め上げるという仕組みになっている。

もちろん僕もそれで一々狼狽えるほど不慣れではない。ただそれでも、この壁中からのねめつくような視線が気持ちの良いもので無いのは確かだ。

「それで貴方は呼び出されて、道終・常イチと一緒に児童養護施設に行った」

刑事は再び啓示視界の調書を見遣る。

「要件は……子供を一人引き受けてくれ？」

「ええ、中学生の女の子です」僕は答える。「他の子は転園が決まったそうなんですが。一番年長のその子を僕に預かってもらえないかと」

「なんでまた」

「将来情報官僚になりたい子なんだそうで、それで僕のことを思い出したと仰ってましたが……あとは受験を控えてデリケートな時期だからとか……」

「デリケートな時期に男に預けますかね、普通」

「僕に言われても困ります。先生は昔から変わり者ですよ。失踪して養護施設なんか開く時点でおかしいんです」

「そりゃま、そうか。それで貴方は引き受けた？」

「突然で困惑しましたし、返事はまだでしたが……こうなってしまった以上は引き受けざるを得ないと……」

「遺言ですか。ま、目の前で死なれちゃね……あぁと、失敬。恩師に当たる方でしたよな。や、お詫びします。配慮が足りませんでした」

刑事は仰々しく頭を下げた。僕は苛ついてわずかに頬を釣り上げる。今の一瞬もモニタリングされたことだろう。

「で、実際お引き受けになる？」

「本人がそれで良いというのであれば」

「子供の方は別の部屋で事情を聞いてますがね。本人は貴方んとこに行きたがってるそうですよ。まだ頭の整理が追いついてないだけかもしれませんけど」

刑事はふう、と息を吐いた。

「わかりました、この辺にしときましょうかね。貴方と向こうのお嬢さんで特に話が食い違うわけでもなかったですし。保育士の方もお話は同じでしたな。自殺した本人も、聞く限りはかなり変わった方だったようで。こういうのはあんまり理詰めにしても意味が無いかもですなあ。いや、すみませんでしたね、お知り合いが亡くなられたばかりで聴取なんて。何卒ご理解ください」

「お巡りさんとはお仲間ですから」

「ははっ」

　中年刑事はやはりわざとらしく笑った。刑事なんていう職業についていると挙動が演技がかってくるものなのだろうか。僕は椅子をひいて立ち上がる。

「御野さん。貴方、クラス5なんですよな?」

「え? ええ。そうです」

「クラス5の方の聴取なんて初めてですよあたしは。モニタ室から文句が届いてますよ。クラスの壁に引っかかっちゃってろくに情報が取れないって」

　刑事は明け透けにモニタリングの話をする。こういう情報の開き方も揺さぶりの手法の一つなのだろう。僕はわざとらしく困った表情を作った。市警程度の情報管理レベルならクラスＧａｐに引っかかって機能しないだろうことは知っていた。

「それって、聴取の間だけでも解除してもらったりできないんです?」

「国の機密情報の扱いにも関わってますからね……僕の一存では無理かと」

「じゃ、しょうがない」刑事は肩をすくめた。「いやしかしクラス5ってのは凄いもんですなあ。ちょっと調べようとすると〝Could not get《無理です》〟〝Could not get《無理です》〟の一点張り。逆に向こうのお嬢さんは明け透け過ぎるクラス0だ。これだけの差があるのを目の当たりにしちまうと、格差だ差別だと騒ぐ連中の気持ちも多少理解出来ますよ」

　僕は苦笑を作り、刑事の横を通り過ぎる。

「ただね」

刑事は座ったまま振り返って僕を呼び止める。

「結局人間の情報なんてのはね、頭の装置で調べるもんじゃないんですよ。じゃあどこかって言ったら、目です。頭で考えたことはね、みんな目に出ちまう。それだけはクラス5でも0でも変わんないからね。目は嘘を吐けませんよ」

「僕の目が嘘を言っていましたか」

「いやいや、そういうわけじゃあありませんが。ああ、ちなみに。さっき覗いたらね、お嬢さんの方はそりゃあ綺麗な目をしてましたよ。子供は良いね。汚れてなくて。お役人さんも生活には気をつけてちょうだいな。目が濁んないようにね。じゃないとあらぬ疑いをかけられますよ」

僕は覚えておきますと言って、無機質な取調室を出た。

2

靴を脱いで廊下の電気を点ける。

「お邪魔します」

振り返って彼女を見る。道終・知ルは特に何かの逡巡や躊躇があるわけでもなく、平然と僕のマンションに上がった。

彼女をリビングに通す。何か出そうかと思ったが家には水しかなかった。しょうがなくミネラルウォーターをグラスで出すと、彼女は「ありがとうございます」と言って口を付けた。普段は市中でしか見かけない制服姿の中学生が自宅のソファに座っているという光景はなんとも非日常的だった。

「取り調べ、どうだった」

軽く聞くと、道終・知ルは水を置いて言った。

「私、取り調べって初めてでした」

そりゃあまあ、普通はそうだろう。

彼女は少しはにかんで笑った。嬉しそうにしている。どういう反応なのかよく解らない。

「それで、ええと……知ルさん」

名前を呼ぶと、彼女はまた照れ笑いを浮かべた。

「……何？」

「すみません」彼女は僕を見て言う。「私、ずっとあの施設で育ってきたので……。あそこでは私が年長で、周りには年下の子供達しか居ませんでしたから。男性の方とこうして面と向かって話した経験がほとんど無くて、緊張しているんですよ」

道終・知ルは緊張しているということを、全然緊張しているように見えない素振りで説明した。いるんですよと言われてもこちらも困る。

「とりあえず、もう少し砕けようか」

「そうしましょう」

僕は正直戸惑っていた。女の子の扱いにはそれなりに慣れているつもりだが、子供の扱いは心得ていない。ましてや彼女と僕とは歳が倍も離れている。ハードルは高い。

「そうだな、じゃあ……僕は知ルと呼ぶから。君も好きなように呼んでくれ」

「連レルさん？」

「うん。それでいいよ」

「連レルさん」知ルは僕の名を二度呼んで、それからまた少し嬉しそうにした。「私、男の人を名前で呼ぶのって初めてです」

「ああそう……」

少女漫画のようなやり取りにいちいち困惑させられる。

「しかし、そんな調子でよく取り調べを抜けおおせたな」僕はふわふわした空気を埋めるように話題を出した。「僕を聴取したベテランの刑事は、嘘吐きは目で解るなんて言っていたけれど」

知ルは僕と目を合わせた。

「目に動揺が現れるのは嘘を吐いているからではなく、悪いことをしているという負い目があるからです」

彼女は、上品な微笑みを浮かべた。

「私には何も後ろ暗いところはありませんから」

ぞわり、とした。

目の前の中学生の顔に背筋を冷やされる。

つい数時間前に先生が自殺したのに。彼女にとっては養父というべき人間が、目の前で頭を撃ち抜いたというのに。その事件に、何らかの関わりを持っているはずなのに。

なのに今この子は〝後ろ暗いところは無い〟と言い切った。目の前の十四歳の少女は、明らかに普通の子供ではなかった。

いや……僕はそれをもう知っていたはずだ。

この子が普通の中学生で無いことを知っていたはずだ。自殺する直前の先生から、それをちゃんと聞かされていたはずだった。

僕はソファではなくデスクチェアにかけた。彼女と物理的な距離を取る。自分の警戒領域を少しだけ広げる。

「いくつか質問に答えてほしい」作った冷静さをまとって平坦に聞く。聞かなくてはならないことが山程あった。「まず……君は、一体なんなんだ？」

「お父さんがお話しした通りです」

「……クラス」

自分の言葉に怪訝さが混じったのが自分で判る。

「9、だって？」

「それはあくまで、お父さんが便宜的に振っただけの数字です。実際のところ、私はお父さんの作った〝量子葉〟を付けているというだけで、それ以外は特に他の方と変わらないですよ」

彼女は平然と言った。その〝だけ〟の違いは、僕ら普通の市民にとってはあまりにも大きな差異だ。

現在世界人口の約半数が使用している電子葉は、技術の発達に伴ってその性能も年々進歩を遂げている。電子葉のハードウェアは二年に一回のペースで公式変更《オフィシャルバージョンアップ》が行われており、性能はその都度上がっている。

ただそれと同時に、人体に直接的に影響する電子葉の極端な高速化は危険とされている。電子葉は脳と相互に情報をやり取りする関係にあるので、性能が高ければより沢山の情報がより高速で脳に流し込まれることになる。当然脳には影響が現れるだろう。良い影響も、悪い影響も。

そのため電子葉高速化は幾層に渡る厳重な臨床実験を経て初めて承認されるものだし、

同時に違法な高速化に関しては麻薬犯罪レベルの厳罰が科せられている。そして目の前の少女はその規制を、針を完全に振り切って犯している存在だった。

古典計算機の電子葉を、量子コンピュータに載せ替えるという暴挙。

その技術だけでも僕には信じられない。ワークターミナルサイズの小型量子コンピュータはすでにあるが、小型といってもその程度の話だ。量子コンピュータを電子葉サイズに小型化するなんて、もしそんなことが可能ならばそれこそ世界を変える技術革新になる。通常なら全く信じない与太話だ。

だがそれを作った人間は、実際に世界を革新した科学者だった。

僕はもう信じてしまっていた。先生は科学の話で無意味な嘘を吐く人間ではない。先生が作ったと言ったら本当に作ったのだ。量子コンピュータを脳に搭載した人間を。それは普通の電子葉の人間から見れば、途方も無い、未知のオーダーの情報処理能力となるはずだ。

つまり目の前の彼女は、僕ら常人が扱うのとは桁違いの量の情報に晒されて生きている人間ということになる。先生はそれを一言で表現した。

クラス9。

「その……クラス9というのは、具体的にどう違うんだ?」僕は質問を探りながら聞いた。

イメージすら上手くできない。「たとえば、僕のクラス5と比べると」

「クラス5の連レルさんがアクセスできない情報にアクセスできます。またクラス5の連レルさんが計算しきれない情報を計算しきることができます」

「クラス5以上の情報というと……国家機密が読み出せる？」

「もちろんそれもできます。けれど、むしろ……」

知ルはそこで言葉を切った。

むしろ何なんだろう。

「むしろ何なんだろう」

「うん？」

僕は目を丸くする。

「え、今のは」「え、今のは」

彼女の言葉と自分の言葉が、まるで演劇の練習でもしたように完全に重なった。僕は再び目を丸くする。

まさか。それは、つまり。

『僕の心を』

二人の言葉が完全に重なった。とっさに自分の口を押さえる。口を押さえなかった彼女はその先を続けた。

「読んだんです」

愕然とする。

そんな馬鹿げたことが。

「人の精神活動は脳の電位変化の情報ですから」知ルは申し訳なさそうな顔をして説明を始めた。「電子葉は移植した人の脳活動をモニタリングしています。電位マップはもう作られているんです。ですが通常の電子葉の計算能力では、その電位マップから何を考えているかを〝計算してすくい上げる〟ことができないだけで処理の速度さえ十分なら、思考を描写することは可能なんです。量子葉にはそれだけの能力がありますから」

「し、かし」僕は焦りを隠せない。「たとえ本当に計算できるんだとしても、クラス5のセキュリティから勝手に脳電位マップを抜くなんて」

言いながら自分で馬鹿な事を言っていると気付いていた。

目の前の少女にはそれができる。たとえ情報が国家レベル・システムレベルのセキュリティで守られていても関係がない。彼女の情報取得手段は、そのシステム自体に仕組まれたセキュリティホールに寄るものだからだ。誰がどんな制度を作ろうと、誰がどんな防壁を作ろうと、ネットワークを利用している限りこの子の手からは逃れられない。

セキュリティホールを利用して、あらゆる情報を引き出せる力《クラス》。人の心すら読む力《クラス》。

それがクラス9。

片手で顔を覆い、呆然と首を振る。

「……今も僕の心が読まれているということ？」

知ルは困り顔を作った。「失礼な事なのは解っているんですが。自分の周辺の情報を可能な限り取得してしまうのは量子葉の仕様に近いものなんです。ですから今も、一番近い場所にいる連レルさんの情報は、雨水みたいに流れ続けてきてしまっています。なるべく意識を向けないようには善処しますので」

気にしないでくださいね、と知ルは僕を慰めた。背もたれにもたれて天井を仰ぐ。ただただ大きく息を吐いた。先生……貴方はなんてものを。

ああ……そうだ。

先生のことを考えて僕は思い出す。あの人が残した最後の依頼を。

「先生は〝後のことを頼む〟と言われた」僕は体を起こして聞いた。「後というのはつまり、これから君を育ててくれということなのか？」

「いえ、違います」

彼女は淀みなく答える。

「保護者になっていただきたいのはその通りです。私はまだ子供で、一人では何もできませんから……。でも、ずっとというわけではないんです。ほんの少しの間だけで構いません」

「ほんの少しって……どれくらい？」

「そうですね……」彼女は少しだけ何かを考えた。「四日です」

本当に少しだった。そして妙に具体的な数字だ。

「四日後に何があるんだ？」

「〝約束〟です。人と会います」

「約束？　誰と？」

知ルはそこでにこりと笑った。それは言いたくないという意思表示だった。

「教えてもらえないのか」

「四日後に解ると思います」

「なら一つだけ聞かせてほしい」

「なんでしょうか」

「その四日後の約束というのは」

僕は強い目で彼女を見る。

「先生の自殺と関係があるのか」

語勢が自然と強まった。僕は先生の顔を思い出していた。

僕の知っている先生は、理知的で、論理的で、計算尽くで、十四年越しの暗号を仕込んでしまうような途方もなく緻密な人間で、どこまでも純粋な科学者で、そして。

決して無意味なことをする人じゃない。

先生は意味のないことはしない。理由のないことはしない。つい数時間前まで先生は普通に生きてきた。普通に食事をして、普通に眠って、普通に年を重ねてきた。だから先生にとっての普通は生きることだ。病気や事故や寿命に直面するまで生き続けることが先生の普通だ。その先生が自らの手で死を選択した。このタイミングで、命を絶つことを選んだ。

だから先生の自殺にはきっと理由がある。

先生の自殺には、僕がまだ知らない何かが隠されている。

「先生は、なぜ死んだ」

僕はただ、それが知りたかった。

道終・知ルは表情のない顔で僕を見つめ返すと、淀みない言葉で。

「四日後に解ります」

そう答えた。

僕は心を決める。

「わかった。四日くらいなら待とう。それまではここに居れば良い。君の今後についても、その後ゆっくり考えればいい」

僕の答えを聞いた彼女は微笑みを浮かべた。その笑顔もまた、ただ喜んでいるというよりも、「そう言ってくれると思っていました」とでも言うような、上から人を包むような微笑みだった。

だが当面はそれで良いだろうと思う。ちょうどと言うのは間違っている気もするが、この四、五日は彼女を保護する理由がある。実は現在先生の遺体が警察で司法解剖中であり、葬儀を行えるまでに数日待たなければいけないからだ。先生は家族もなく、身内と呼べるような人間は養護施設の関係者しかいない。だから葬儀は僕が出そうと思っていたし、最低でもそれまでは彼女を預からなければならないと考えていたところだった。

あと問題があるとすれば、先生の研究データを捜していたアルコーン社だが……。

先生の研究の結晶である量子葉は知ルの頭の中にある。さすがにこれを隠し続けるというのは無理かもしれない。先生の自殺の報はもう行っているだろうし、養護施設から足取りを追えば知ルに辿り着くのもすぐだろう。きっと量子葉は、最終的にはアルコーン社に引き渡すことになる。知ルは多分、通常の電子葉に植え替えられる。

だが四日程度ならばそれもなんとかなるはずだ。量子葉の話など知らなかったで通せば違法行為にも当たらない。子供を預かっただけという体さえ保っていれば、あの嫌な社長にわざわざ報告してやる義理はない。こちらの用事が終わってからでも十分だ。僕はこの四日をなんとかやり過ごそうと決めた。

しかし子供とはいえ、女の子と四日も一緒に暮らすとなると色々と準備も必要となるだろうな……。何が必要か考えようとしてやめる。正直頭が疲れていた。

「じゃあ今日はもう休もう」色々なことを棚上げにして彼女に言う。「君も警察で疲れただろう。部屋は余ってるから、左のそこ使って。ソファーベッドもあるし」

「連レルさん」

「うん？」

「ありがとうございます」

彼女は、ここに来て初めて柔らかい顔で笑った。

少し見とれた。なるほど、こうして落ち着いて見てみると、この子はとても端正な顔立ちをしている。整った作りと大人びた表情が相まって、知らなければ十四歳には思えないような、なんとも言えない色気が醸しだされていた。しかし流石に中学生に欲情するのはいい大人としてどうかと……。

そう考えた所で、知ルは途端に冷たい目で僕を見た。そこでやっと彼女の素晴らしい力を思い出す。僕は罰悪く頭を掻いた。これは慣れが必要だ……。

「ああ、明日からどうしようか」

痛烈な視線から逃れようと無理やり話題を変える。

「学校はまだ休んだ方が良いか……いや君が大丈夫なら行っても構わないけれど」

「学校は休みます。でも私、行きたいところがあるんです」

「行きたいところ？」

「はい」

こうして四日間保護することになった世界でたった一人のクラス9、この世界の全ての情報を手に入れられる少女、道終・知ルは呟いた。

「私、知りたいことがあるんです」

3

山間を縫う道路を車で登って行く。

京都の北西に伸びる国道一六二号線。両脇の山肌には真っ直ぐな幹の高木が林立している。市の中心部からまだ一時間も走っていないのに景色はすっかり山奥だ。

しかし昼間からこんな場所をのどかに走っていると、まるで休暇《バカンス》のような気分になる。

実際有給を使ってきたので少しはのんびりしようと思いながら、ハンドルを握る指のジェスチャで三縞君の七つ目のアドレスを着信拒否にした。今頃殺気立ちながら八つ目の連絡法を用意しているところだろう。

助手席には制服姿の中学生が乗っている。

「あれ……。もしかして私服が無いのか？」

「いえ。何着かは持ってきています」

ほっとして息を吐く。養護施設暮らしだと服も買えないのだろうかと一瞬焦ってしまったが、そこまでではないようだ。

「ただ今日は、きちんとした服装の方が良いと思ったので」

「そんなに畏まるほどの場所かな。観光地だよ。まあ確かに観光地と制服の中学生はセットと言えばセットだけれど」

話しながら啓示視界のナビを眺める。ふと気付くと、アイコンスペースに〝アンテナ〟が四本も立っていた。山の中だからもっと低いかと思ったが、京都の周辺ともなると都市も自然も大差ないようだ。

このアンテナのアイコンは現在地周辺の〝情報充実度〟を示している。

それは通信状態のレベルを示すと同時に、周囲の状況をどれくらい精密にモニタリングできているかを表している。情報材に囲まれた都心部では五本立ち、田舎に引っ込めば二本程まで減る。どんな秘境でも衛星通信の範囲にいる限り最低一本は立つ。自分から電波密室に入るくらいでないとアンテナを消すのは難しい。ちなみに四本だと情報状況はかなり充実している。衛星と地上電波に加えて道路素材の情報材からも情報を取得しているが、多分それだけじゃない。

「山も、ですね」

知ルが窓の外を眺めながら呟いた。道路から見下ろす山肌に林が広がっている。

多分この山には情報剤が撒かれている。自然分解性の情報素子。散布すれば生態の中に取り込まれて、植物や土までもが情報材の一部として情報化されていく。分解性のため経時的に消滅してしまうが、定期的に撒き直すことで情報精度を保つ。仕組みは農薬と同じだ。

ただ、そこまでして山の情報が必要かと言うと、ほとんどの人にとっては無用だろう。こんな極端な情報化を行なっているのは世界中を見ても京都周辺だけだ。先生が電子葉を開発し発表した場所であるこの京都は、今や世界に誇る情報最先端都市となっている。京都大学や在京情報企業が作り上げた先端技術は京都でこぞって試され、そのために街も自然も狂おしいまでの情報化が進む。行為の善悪判断は保留《ペンディング》されて、進めるうちはどこまでも進み続ける。

僕は試しに、山間がどれくらい情報化されているのか見てみることにした。指のジェスチャで視界が切り替わる。現実の世界にフィルタが掛かって見え方が変わる。

情報分布映像《インフォグラフィ》。

クラス4や5の情報技術者の権限の一つで、周辺の情報材の通信状況をリアルタイムでモニタリングすることができる機能だ。壁面や床面のどの部分に多くの情報が流れているか、周囲の誰が通信を頻繁に使っているのかをチェックし、啓示視界にサーモグラフィーのような映像として表示できる。

視界全体が黒く落ちた。その中で通信を行っている部分は色が緑に変化し、そこから情報量が上がる毎に青、黄色、オレンジ、赤と色相が変化していく。僕はその視界で山肌を見た。色相は緑と青の中間くらいで、流石に都市部よりは通信量が少ないのが見て取れる。

「しかし山の中でもこうだとちょっとうるさいな。特に君は気になるんじゃないか」

僕は助手席のクラス9に聞いた。5の僕でも啓示視界にちらほらと現れる無用の情報が鬱陶しく感じるのだから、9の彼女には最早騒音レベルに近いのではないだろうか。

「いえ。落ち着きます」

知ルは平然と答えた。もう感覚自体が違うのかもしれない。

「じゃあ逆に、情報充実度が低い方が不安になったりするのかい」

「そういうこともありません。通信がなければそれはそれで集中できますし。考え事をしたい時はブラインドにしてしまいますよ」

「ふうん。そういう辺りは普通の人と同じだな」

「同じです」

『目的地まで、あと五分四十秒です』

啓示聴覚にナビ音声が届いた。もうすぐ到着する。

「連レルさん」

「何？」

「制服より私服の方が良かったでしょうか」

「いや？　可愛いよ」

気軽に答えると、知ルは僕に向けて満足気に微笑んだ。僕は車内を支配した妙な空気に耐え切れずにアクセルを踏んだ。ナビの到着予想時刻が六秒縮まった。

4

参道の石の階段を二人で登っていく。平日の日中で人気《ひとけ》は少ないが、それでもちらほらと観光客の姿が見えた。

知ルが来たがった場所は、有名な寺だった。

神護寺。

京都の北西、高雄山の中腹に立つ山岳寺院。宗派は高野山真言宗。寺格は遺迹本山。天長元年（西暦八二四年）に創建されたこの寺は、唐で真言密教を学んだ空海が日本での本格的な活動の前に住した寺であり、その宗教哲学を構築した場所でもある。また空海はここで最澄を始めとする多くの僧に密教入門儀礼の灌頂を授け、以降東寺や高野山へと続く密教活動の起点となったという意味で、日本仏教史において極めて重要な寺院の一つである。と、電子葉が今歩いている場所の概要を教えてくれる。だが正直あまり興味のない分野なのは間違いない。小さな頃から京都に住んでいれば神社仏閣など飽きるほど見るが、だからといって好きになるというものでもない。

「こんなところに何の用事が？」

「今日はご住職のお話を伺いに来ました」

「住職の話？　法話でも聞きにきたのか」

「ええ。でも多人数ではなくて、直接」

知ルはパブリックレイヤに情報を開いた。現れたウィンドウは彼女が神護寺に連絡をとった際の記録《オフィシャルブログ》だった。今日の十五時に住職とのアポイントが取れている。ログを見る限りだと一ヶ月前には決まっていたことらしい。しかしいくら前から約束していたとはいえ、昨日あんなことがあったのによく平然と法話など聞きにこれるものだと思う。

「教義のお話を伺おうと思います」知ルは関係ないとばかりに言う。「こちらのご宗派の真言宗の教えと、密教の思想についてご教授いただければと」

本当に宗教の話だった。寺の住職に聞く事なんて宗教の話以外に無いのは当然だが、それに一体どんな意味があるのかが解らなかった。

「楽しみです……」

知ルは参道を軽い足取りで登りながら、目を細めて微笑んだ。

5

僕らは本坊と呼ばれる建物に通された。僧侶の住居も兼ねているという本坊はかなり広い。有名な寺だけあって、修行中の僧も多く居るようだった。

畳敷きの一室で待つ。僕と知ルは畳の上に直接正座していた。座布団などは見当たらない。それにも何かしらの仕来りがあるのかもしれないが、わざわざ電子葉で調べるほどの興味も無かった。

少し待っていると、僧服に身を包んだ四十過ぎくらいの僧侶がやってきた。すぐさま啓示視界に公開情報《パーソナルタグ》が開く。剃髪の下に普通に電子葉が埋め込まれているようだ。

「住職の佐和《さわ》・宗《ソウ》ドウです」

僕と知ルも挨拶する。だが住職は僕のタグを見て眉根を潜めた。

「クラス5……情報庁の方でいらっしゃいますか」

それは案の定の反応ではあった。

実を言えば、情報庁と神社仏閣はあまり好意的な関係ではない。

情報庁は京都の情報都市化の権化であり、情報材化できる場所は見境無く開拓してしまう。それとは逆に京都に多数存在する寺社や神社は、境内や歴史的建造物の情報材化に反対しているところが多い。今いる本坊のような住居部分は問題なく情報材化されているようだが、本堂や宝物庫などの施設は大抵の場合、一切の情報化に応じない。

情報庁側としては、別に国宝をプラスチックで作り直せと言っているわけではなく、塗布情報素子《コート》や木材浸透化処理《インフォスティネーション》で十分なので歴史的な遺物を損なうわけではない、と主張する。対する宗教側としては、教義の中に秘匿を要とするものが多くあるので何でもかんでもオープンにはできないという話になる。特に今日来ている密教系の宗派はその名の通り秘密仏教なので、情報庁はある意味天敵とすら言えるだろう。

「そうですが、本日はあくまでプライベートということで」僕は柔らかに弁明する。「この子は親戚の子なんですが、なんでも仏教について色々勉強しているらしくて。特に密教の世界に興味があるとか……それで今日、真言宗の教えについて直接お坊さんから教わりたいと」

「お若い方には珍しいですね」

佐和住職は低く通る声で言って、僕と知ルの正面に正座した。彫りの深い顔立ちが僧服剃髪と相まって、多少威圧的な空気を醸し出している。

「私共としても、こうして若い方が興味を持ってくださるのは嬉しいことです」

「僕では限界がありますので、色々教えてやってください」

知ルは正座のまま、深々と頭を下げる。

「よろしくお願いします」

「こちらこそ。さて、ご自身でもすでに勉強なさっているということですが……。私はどの辺りからお話すれば良いですかな。それとも質問の形にしますか。聞きたい事、知りたい事があれば、そこから始めていくのもいいでしょう」

住職が言葉を促す間を空けた。数瞬考えてから、知ルは口を開く。

「曼荼羅」

知ルはその言葉をもう一度繰り返す。

「曼荼羅とは何でしょうか」

「それは、中々大きな質問ですね」

住職は少し考え始めた。

その間に僕の頭の中にも、電子葉を介して曼荼羅の基礎知識が流れ込む。啓示視界に概要が表示される。

曼荼羅。マンダラ。サンスクリット語で「丸・円」の意味を持つ言葉で、転じて「完成されたもの」「本質を有するもの」の意を有する。密教の教えや世界観・宇宙の真理を、象徴化《シンボライズ》した仏の図絵等を用いて表現したもの。絵画のみならず、記号や音声、立体物による曼荼羅も存在する。

　概説と合わせて曼荼羅の画像が有用度の順にソートされて開いた。一番上に上がってきたのはロケーションから判定された一枚、この神護寺に収蔵されているという国宝・高雄曼荼羅の画像だった。画像を見る限りだとかなり劣化が進んでいる。これが現存最古らしい。

「御野さんとおっしゃいましたか」

　突然名前を呼ばれてはっとする。啓示視界の画像を閉じていくと、いつのまにか佐和住職が僕を見据えていた。

「クラス5の方ともなると、電子葉でなんでも調べられるのでしょうな」

「ええ、まあ大抵のことは……」

「今話に出てきた曼荼羅についても、この場で簡単に検索して、あとは啓示視界を読むだけで良いのでしょう。私も電子葉を使っているのでわかります。人は便利になった。ですが私は、それが必ずしも正しい進歩とは思いません」

　佐和住職は淡々と、責めるような言葉を紡ぐ。

「クラス5のあなたの目は今、啓示視界の画像か何かを眺めてらっしゃった」

「仰る通りです」

「しかしこちらのクラス0の知ルさんの目は、教えを請う私だけをじっと見ていました。もちろんクラスの違いで、電子葉では調べられることが少ないというのもあるのでしょう。ですがそれ以前に、彼女には私から学び取ろうという〝姿勢〟がある。知にとって一番大切なのは電子葉でもネットワークでもない。知ろうとする意思です。高度すぎる情報化は、そういった人の心をも衰退させることがある。情報庁の方には、それをどうかご理解いただきたい」

僕は苦い顔で反論もできずに沈黙した。少し余所見をしていたくらいで酷く扱き下ろされてしまった。良く思われていない相手の前で油断した僕も悪いが。

「失礼。それでは曼荼羅の話に戻りましょうか。曼荼羅というのは仏教美術の一つです。端的に言えば五感の中の視覚を用いて真理を表現しようとする試みで……」

住職は満足したようで、話を打ち切って知ルへの講義を始めた。

ただ、今の住職の話で僕にも疑問が湧いてくる。

そういえば知ルは傍目から見ればクラス0の表示になるが、実際はこの場の誰よりも上位であるクラス9の能力を持っている。きっとクラス5の僕よりも余程多くの情報をネットワークから引き出せるだろう。なのに、なぜわざわざこんな山奥の寺まで出向いてきて直接話を聞いているのだろうか。もちろん論文や記事を読み込むだけでは知り得ないこともあるだろうが……。

　そう思った時だった。啓示聴覚にチャイムがなって、短文のメッセージが啓示視界に現れた。それは隣で話を聞いている知ルが出したメッセージだった。

『通信量で御覧いただければわかると思います』

　僕の疑問に答えるような文面の一行。つまりまた心を読まれたのだと理解する。そして驚いたことに彼女は頭の中だけで文章を構築してメッセージを出していた。僕では音声かキーボードを用いないとタイプはできない。クラス9の能力の一端なのか。内緒話には便利な機能だ。

　彼女のいう通信量というのはつまり情報分布映像《インフォグラフィ》で見ろということだろうか。僕は言われるがままに啓示視界にフィルタをかけた。

　そして、息を飲む。

　部屋が血塗れになっている。

　唾を飲み込む。もちろんそれは血ではなかった。インフォグラフィが示す通信量の上限色である赤。過剰な通信で真っ赤に染まった壁と床の映像だった。部屋の情報材が流せる限りの情報を流している。僕らの居る部屋全体がほとんど信じられない量の通信を行なっている。猟奇殺人の現場のようになった部屋の表面を、塗りたくられた血液が物凄い勢いで流れていく。

その血流は佐和住職の頭部の電子葉から湧き出し、壁を伝って知ルの頭に流れ込んでいた。

目の前で起きていることが映像として直感的に理解されていく。

知ルは引き出していた。住職の知識を、認識を、彼がどのように考え、どのように答えを出すのか。その過程と結果の全てを、住職の脳の全てを引き出していた。

インフォグラフィは、二人のやり取りの本質を伝える。

「両界曼荼羅は、二枚の曼荼羅から成り立ちます」住職が話す。この時、情報の流れは落ち着いている。

「胎蔵界曼荼羅と、金剛界曼荼羅ですね」知ルが一言返答する。

そこで住職の電子葉がにわかに走り出す。知ルが触れた用語が住職の耳に入り、それが鍵刺激となって電子葉が検索を始める。同時に住職が考え始める。彼が元から持つ曼荼羅の知識と、電子葉が引き出してきた知識が混ざり合って脳のサーキットが巡る。

そして次の瞬間、突然濁流が発生した。部屋の表面を伝う血が一斉に流れ始める。住職の頭から溢れ出て、知ルの電子葉へと吸い込まれていく。

住職が今考えた全てが吸い上げられていく。

知ルがなぜ直接話をしに来たのか。答えは単純な事だった。

知ルは相手の持つ知識を全て手に入れるために、相手の脳を動かしにきていた。

　考えてみればそれは当然必要な作業だった。脳というのは神経細胞の構成情報だけが全てではない。その中を走る電位パルスの連鎖、ネットワークのリアルタイムの挙動、張り巡らされた配線にどうやって電気が流れるのか、それこそが思考の本質だ。止まっているものをいくら観察しても死体の解剖以上の情報は得られない。生きている状態で見て初めて全容が明らかになる。それに生きているといっても眠っていては駄目なのだ。頭を使って考えているその瞬間、脳をフル稼働させた状態を観察しなければいけない。

　彼女が今やっているのは、まさにその作業だった。

　言葉を一滴の呼び水にする。相手の知識が湧き上がる。その全てを汲み取る。

「よく勉強されていますね」

　誰よりもよく勉強している住職は笑顔で言った。それをまるごと味わっている知ルもまた嬉しそうに微笑み返した。僕の目にはその立派な住職が、まるで生きながら食される可哀想な食材のように見えていた。


　時間にしたら一時間半。たったの九十分でしかない。

　だけれどその僅かな時間で、佐和住職は明らかに疲れ、瞼が落ち、憔悴していた。

「真言陀羅尼」

　知ルが目を輝かせながら専門的な単語を呟く。

「……真言陀羅尼は……ロゴス的な言葉の領域と、パトス的な言葉の……」

「字義」

住職の言葉を打ち切って知ルが別の単語を差し込む。口頭で話を聞く必要はない。単語を聞いた瞬間にはもう、住職は頭の中で考えてしまっている。知ルにとってはそれだけで充分なのだから、終わったなら早く次の言葉で次の思考を引き出した方がいい。しかしそれは相手にとって、脳を強制的に走らされ続ける拷問に等しかった。アクセルに足を縛り付けられ、耳の給油口から言葉のガソリンを延々注がれる。一時間半最高速で走り続けた住職は、もはやタイヤが千切れ飛ぶ寸前だった。

「無上正覚《むじょうしょうがく》」

その言葉が出た後、インフォグラフィの流れが急に停滞した。住職の電子葉の情報の挙動が止まる。それは判り易い思考停止の合図だった。

「あの……申し訳ない……少し、休みを取らせていただけませんか……」

知ルははっとして、衰弱した住職を今気づいたという顔で見た。

「すみません。私、夢中になってしまって」

「いえ……本当によく勉強されている……。貴方の返しがあまりにも的確なので、私もつい必死になってしまいまして……」

的確なのは当たり前だった。彼女は住職の思考の書庫《アーカイブ》から直接次の言葉を引き出しているのだから。その連想は住職のそれそのものだ。

「では休憩を……三十分ほど……」

「いえ」知ルが言う。「長くお付き合いいただいてありがとうございます。本当に沢山のお話を聞かせていただきました」知ルは深々と頭を下げた。

「おや、そう……ですか？」

そう答えた佐和住職の顔には明らかな安堵が浮かんでいる。

「もういいの？」

僕は少し意地の悪い気持ちを出して知ルに聞いた。視界の隅で住職が「余計なことを言うな」という顔をしているのが判った。知ルは、はい、と答える。それと同時に僕の啓示視界にメッセージが開く。『この方からは、もう充分です』。

「それで」続けて知ルは肉声で住職に語りかけた。「すみません、重ね重ね恐縮なのですが、もう一つお願いしたいことがあるんです」

「お願いとおっしゃいますと……」

「こちらのお寺にある曼荼羅を、見せていただくことはできないでしょうか？」

「うちの曼荼羅というと……」住職が眉を顰める。「それは、高雄曼荼羅ですか？」

「はい」

「いや、しかしそれは……。ご存じでしょうがあれは国宝で。こちらでは一般公開はしていないのです。不定期ですが美術館などで展示される際にご覧いただくしか……」

「別に構わんじゃろ」

突然の声に顔を向ける。

会話に入ってきたのは、和間の外の廊下に現れた老人だった。

剃髪で作務衣《さむえ》姿の老人は僧のようだった。かなりの高齢に見える。電子葉を入れていないようでパーソナルタグは表示されない。

「大僧正」

視覚画像検索の結果が出る前に佐和住職が呟いた。遅れて啓示視界に検索結果が届く。

神護寺住職、大僧正、日座《ひざ》・円観《えんかん》。八十一歳。

そんな偉い役職の人とは思えない簡素な格好の老人は、ほほ、と笑う。

「さっきから庭でちらほらと聞いとったがのう。このお嬢さん、よう学ばれておるじゃあないか。宗ドゥ、きっとお前より物を知っておるぞ」

「は……面目次第もありません」

「曼荼羅なんぞ、そういう人間に見てもらわんで誰に見てもらうんじゃ」

「しかし大僧正、国宝の管理は……。ここに情報庁の方もおられますし……」

住職の視線がちらりとこちらを見る。

「あの、国宝や重文の管理は情報庁の管轄ではないので」僕は両手を振った。「別に密告したりはしませんよ。そもそも僕の親戚のわがままで見せてもらうんですから」

「ほれ大丈夫じゃ。さっさと準備しろ、宗ドゥ」

命令されて佐和住職は渋々と部屋を出て行く。

「飾るのにちょっと時間がかかるぞ」大僧正は僕らに言った。「なにせ大きいからの。古いもんじゃから丁重に扱わんといかんし」

「そんなに大きいんですか」

「お主の方はなんにも知らんのじゃな。四メートル四方くらいの曼荼羅が二幅ある。金堂に吊るさんと見られん」

それは確かに大きい。その上国宝とは。今更ながら、よく見せてくれるものだと思う。

「時にお嬢さん」

「はい」

「儂はこれから檀家と打ち合わせなんじゃが、夜には戻る。なので、それまでちょっと待っとってくれんか？　儂もお主と一緒に見たい」

それが条件じゃ、と大僧正は言った。知ルが僕の顔を伺う。休みを取って来ているので、帰りが遅くなるくらいなら別に構わない。僕は頷いた。

「待ちます」

「ほほ、ありがたい」

「あの」知ルは笑みをこぼした。「私も、貴方と話がしたいです」

「それは光栄。まあ、あまり期待はせんでおくれの。宗ドゥよりは多少長く生きとるが、儂にも解ることなどほとんど無い。して、お嬢さんは何が知りたい？」

知ルは大僧正を真っ直ぐに見つめて答える。

「無上正覚」

「〝悟り〟か」

大僧正は楽しそうに笑った。

「儂にもわからんな」

6

暗い本堂の中に、影が揺れる。

床置の灯籠と燭台のオレンジの光が、堂内の広い空間を必死で照らした。光量が足りないため、天井付近は闇が深い。橙から黒へと変わる空間のグラデーション。その中に二幅の巨大な曼荼羅が吊り下げられている。

高雄曼荼羅。

紫の地に金と銀の顔料で描かれたとされるその曼荼羅は、長い年月による断爛《だんらん》と退色によって激しく劣化していた。剥落して失われている箇所も多く見られ、一二〇〇年という膨大な時間の流れが深く刻み込まれている。

知ルは、その四メートル以上ある曼荼羅を見上げていた。

堂に入ってから彼女は、もう三十分以上も曼荼羅を眺め続けている。胎蔵界・金剛界と分けられた二枚の曼荼羅を、片方を十分眺め、もう片方を十五分眺め、そしてまた最初の方に戻って、今も延々と観察し続けている。

「曼荼羅は宇宙の真理を顕す」

静寂の堂内に言葉が響いた。知ルが曼荼羅を眺める様をじっと見ていた円観大僧正が、初めて口を開く。

「胎蔵界曼荼羅は物質的原理と客観的現象世界〈理〉を。金剛界曼荼羅は論理的原理と精神的世界〈智〉を示す。二つを合わせて〈理智〉。理智こそがこの世の真理であり本質である」

堂内には僕と知ル、そして円観大僧正の三人だけだ。大僧正は電子葉を入れていないので、知ルは彼の脳から直接的に情報を引き出すことができない。コミュニケーションの手段は音声会話となる。

「この真理を得ること、本質を得ることを、密教では〝無上正覚〟と言う。即ち」大僧正は曼荼羅を眺め続ける知ルの背中に向けて語る。「〝悟り〟じゃ」

知ルが振り返る。

「悟りとは、なんでしょうか」

「知ることじゃ」

大僧正は迷いなく答えた。

「今まで知らなかったことを知ること。新しいことに気付くこと。それが悟りじゃ。「真理を知る」という意味で使われるのは、「真理」とは何かをこの世の誰も知らないからであるの。真理は全ての人間にとって新しい知識である。それを知ることは即ち悟りとなる」

「新しい……」

「そう。その言葉を選んだお嬢さんは正しい。その感覚を持ちなさい。新旧。前後。この二点の感覚こそが真理に続く道を作る。知ることで二つに分かれるのじゃ。知る前と知る後。知らなかったと知っている。悟るためにはの、〝自分が何を知らないのか〟を知らなければならない」

僕は横で二人の不思議な会話を聞いた。十四歳の中学生が八十一歳の大僧正と悟りについて議論している。それはまさに言葉の本来の意味での〝禅問答〟だった。

「私は……」

知ルは言葉を探っている。佐和住職と話した時のような語勢は無い。電子葉を介さない会話にクラスは関係なかった。彼女はこの薄暗い本堂のような思考の闇の中を、手探りで言葉を探している。

「ふむ……知らないことなど、それこそ人それぞれじゃが……。道標の代わりに一つ示そうか。そこのお主」

「私は、何を知らないのでしょうか」

「え？　僕、ですか」

「そうじゃ。黙って聞いておっても暇じゃろうし、一つ質問しよう」

「僕に答えられるかどうか……」

「しょうがないの。簡単なのにしようか。では〈覚悟〉とは何か。知っておるかな？」

「覚悟、ですか？」

よく知る言葉だった。わざわざ電子葉で辞書を引くまでもない。

「覚悟はつまり……心構えをすることですよね。覚悟を決める、これから起こる事に対して覚悟を持つ、というような……」

「その通り。難しいことはないの。ところでこの〈覚悟〉という言葉には〈悟る〉の一字も入っておる。〈覚〉と〈悟〉。合わせて覚悟」

大僧正は再び知ルに向けて語りかける。

「〈覚〉とは読んで字の如く〝覚えていること〟。すなわち〈過去〉を指す。それと対照となるのが〈悟〉。〝悟ること〟。これは〈未来〉を指している。まだ知らないもの、悟らなければ知り得ないもの、それが未来じゃ。未来は誰にも知り得ない。つまりお嬢さん。お主の知らないことの一つは、未来じゃ」

知ルは深く考え込んだ。クラス9でも知り得ないもの。

未来。

「とはいえ」

大僧正は、少し言葉を軽くして続ける。

「人は過去の経験から未来を予想する力を持っているからのう。昨日はこうだったからきっと明日はこうだろうと想像できる。過去を知り、未来を見る。そうしてやっと覚悟が決められる、というわけじゃな。するとここで我々はまた一つ悟る。〝人には絶対に覚悟できないことがある〟」

知ルが顔を上げた。

「それは、なんですか」

知ルはまっすぐに聞いた。大僧正はその強い目を受け止めて答えた。

「死じゃ」

「死……」

「死んだことのある人間はいない。だから死の先は誰も知らないわけじゃ。僧の儂が言うのはどうかと思うが、天国も地獄も所詮は何もないところからの作り事。経験から予想する未来ではない。我々は死とは何かを知り得ない。だからこそまた、覚悟も決められない。死を永遠に恐れ続ける」

大僧正は屈託のない笑みを浮かべる。

「死ぬ覚悟ができた、などと言う奴はもれなく大嘘つきじゃ」

ほほ、と小気味よい笑いが堂に響く。

知ルもそれに応えるように笑みを浮かべる。

それから彼女は振り返って、二枚の曼荼羅をもう一度見つめ直していた。

7

横で話を聞いていた僕の頭に浮かんでいたのは、自ら引き金を引いた先生の最期だった。

大僧正の言葉の通り、先生だって死ぬ覚悟なんてできるわけがない。

ならなぜ先生は引き金を引いたのか。今の僕はそれをまだ知らない。

真新しい布団の中で見慣れぬ天井を見上げる。

あれから知ルは延々と曼荼羅を眺め続けた。三時間を過ぎたところでもう帰ろうと促したが、縋りつく仔犬のような目で見つめられてしまい、やむなく僕の方が折れた。本人が満足した頃には二十三時を回っていて、結局大僧正の好意でこうして客間に泊めてもらってしまっている。客用の浴衣まで借りてしまい、まるで旅館にでも来たような様相だ。旅というには近所過ぎる気もするが。

寝返ってため息を一つ吐く。明日出勤できるのは昼前になるだろう。また三縞君にどやされると思うと少し鬱だが、どうせ毎日どやされているし今更気にするでもなかった。首を向けると、隣に並べた布団で知ルが気持ちよさそうに寝息を立てている。良い気なものだと思う。

安らかな寝顔を見ながら少し考える。

今日一日、知ルと行動を共にした。しかし僕には彼女のやっていることの意味が解らない。寺に来て、住職の知識を吸い上げ、曼荼羅を眺め、禅問答をした。この一連の行動に何か意味が存在するんだろうか。彼女の目的はなんなのだろうか。

彼女は何をしようとしているのか。

先生は何をしようとしていたのか。

それを考えるには、まだ情報が少なすぎるように思えた。ピースが揃っていない感覚がある。戻ったら少し調べ物をするべきかもしれない。特に先生の事を……。

ピッ、と音がした。

啓示音だった。こんな夜中になんだと思うと、啓示視界に一通のメールが開いた。寝たままの姿勢でそれを眺める。

本文を読む前にその秘匿度《コンフィ》の高さに目が行く。届いたのは特殊守秘メールだった。外部に情報が漏れないよう、それ自身に高いセキュリティレベルが設定されたメール。だが引っかかる。この秘匿度のメールはクラス4でも扱えないからだ。つまり三縞君のクラスでは送信出来ない。差出人はクラス5以上の人間という事になる。

そして差出人の表示は《unknown》になっていた。クラス権限で隠されている。僕は訝りながら本文を表示させた。

『ちょっと外出てきてよ。今』

……なんだこれは?

布団から体を起こす。悪戯のようなメールだが高秘匿メールである以上はただの悪戯とは考えにくい。しかし僕にメールを出すクラス5以上の人間に、こんな文面を書く人はいないはずだ。まさか群守次長がこれを書いたとは思えない。

僕は念のために秘匿度を更に一段上げて、unknownへの唯一の返信手段である直接返《ダイレクトバ》信《ック》でメールを送った。


『君は誰だ』


送信した一秒後だった。突然啓示視界いっぱいに映像のウィンドウが開く。驚嘆する。パブリックレイヤじゃない。僕のパーソナルレイヤに直接開いている。

屋外の映像。

画面の中央に映る派手な男。

「いいからさっさと出てこいよ低クラスがよぉ!!!」

怒鳴り声が痛烈に耳を叩く。反射的に耳を押さえそうになってすぐに気付いた。啓示聴覚。隣で寝ている知ルが全く反応していないのを見ればパブリックサウンドで無いことは解る。僕は再び驚愕する。映像も、音声も、クラス5のセキュリティを易々と超えてパーソナルに無理矢理流し込まれている。

「あ、子供は連れて来なくていいから」

映像の中の男は急に普通の調子に戻って言った。

馬鹿みたいに派手な男だった。逆立った赤髪。珍奇な六角形のサングラス。そのレンズ全体が蛍光イエローで発光している。誰だ、これは。

「そんな顔すんなよぉ、御野ちゃぁん」

ピッ、と啓示視界に男のタグが開く。

その男のタグは情報庁のものだった。

「同僚ですよー」

8

急いで着替えて本坊を出た。深夜の境内を抜けて相手の指示通りに山門をくぐると、石段の下の道路に大きな車が停まっていた。

「こっちー」

啓示聴覚の呼びかけ。現実の視界ではさっきの派手な男がこちらを見上げて手を振っている。僕は顔を顰めながら階段を降りた。

下まで行って、まず車の物々しさに圧倒される。

全体が暗緑色に塗られた、軍隊の輸送車のような大型の特殊車輛。荷台部分は重厚な鉄の扉に遮られていて、何が積んであるのかは全く窺い知れない。

車の周りにはさっきの派手な男の他に三人の男がいた。帽子にツナギ姿の男達は何かの作業員のようだった。啓示視界に三人分の個人情報が開いていく。作業員のクラスは4。タグを見る限り情報庁職員なのは確かだ。しかし普通は明らかになるはずの所属の詳細が表示されてこない。

そして派手な男に至っては、所属どころか名前も明らかにならなかった。情報庁職員という以外のあらゆる情報が完全に塞がれている。

僕は怪訝な顔で男の風体を眺める。Tシャツにハーフパンツという軽い服装の上から、足首まである真っ赤なコートを袖も通さずに羽織っている。硬そうな布地のそれはただのファッションではなく、何か特殊な服のように見えた。

「なかなかいいでしょこれ。支給品だけど気に入ってんだ」

サングラスの男はおちゃらけて言う。

「君は……本当に庁の人間か？」

「そうだよぉ。タグ見せたじゃん。ま、気持ちはわかるよ。不安だよねー、情報が自由に確認できないってのは。特に御野ちゃんみたいな高次のクラスは〝見えない〟ってのに慣れてないでしょ」

「そう、それだ。なぜ君の情報が開示されないんだ。所属も名前も、クラスすらも見えないだなんてそんな」

「そりゃ答えは一つでしょ」

男はサングラスを下げて、上目遣いで僕を見た。

「俺のがクラスが上ってこと」

「馬鹿な」

有り得ない。知ルのようなイレギュラーの存在を除けば、5より上のクラスは6しかない。総理大臣と各省大臣にしか認められないクラス。もちろんこんな派手な男がどこかの大臣だという事実も無い。

「ま、知らないよね、5じゃ。可哀想だから開示したげるよ」

と言った瞬間、啓示視界に男の個人情報が次々に開いていく。それは明らかに、この男の操作によるものだった。

素月《すづき》・切《キ》ル。所属は情報庁。

「〝機密情報課〟……？」

「そ。噂くらい聞いたことない？　ないか。漏れてたら機密でもなんでも無いもんね」

素月は真っ赤なコートの襟を摘んでひらひらとさせる。

「言っちゃうと〝裏の部署〟ってやつ。公にできないことをコッソリやってんのよ。お国には恥や内緒がいっぱいあるでしょ。そーいうのを機密情報課《うち》が請け負って、秘密のまんま片付けちゃうわけ。だから俺はそれができるクラスをもらってるのさ。つまり」

ピッ、と情報タグが開示される。

「クラス＊《アスタリスク》」

そのタグには〝class＊〟の文字が張り付いていた。生まれて初めて目にする表示。必ず数字があるはずの場所に、厳然と存在するアスタリスク。

「数字の人達の不始末を片付ける仕事だからねー。加算より強いから乗算ってのがちょっと馬鹿っぽいけど、この表示は結構気に入ってんだ。いいでしょ、お星様。かわいいし」

素月の軽い声が耳を素通りする。僕は驚きを隠せなかった。

知ルのような違法電子葉の使用者が勝手に名乗っている〝クラス9〟とはわけが違う。国が定めた制度の裏側に存在する本物の上位クラス。しかしそんなものが、本当に。

すると啓示視界に突然パチンコの液晶画面のような映像が現れた。がしゃんがしゃんと啓示SEをかき鳴らしながらスロットが回転して星のマークが9つ揃う。安っぽいCGが『アスタリスク！』と喚き立てて大騒ぎを始めた。

クラス5の僕のレイヤに、何の抵抗もなくフリーパスで侵入している。

認めざるを得なかった。目の前の軽薄そうな男が、僕を上回るクラスなのだと。ふざけたCGは煙のように消えて現実の視界が戻る。

「じゃ夜中だし。さっさと仕事済ませて帰ろう。えーと今日はね……えーと……面倒だな。

そこの君、説明」

素月は作業着の一人を呼ぶと、自分は車に寄りかかってあくびをした。代わりにクラス4の職員が前に出てくる。彼は僕に、パブリックでいくつかの公文書を見せながら説明する。

「御野審議官にご協力頂きたいのは、審議官が連れている子供のことです」

「知ルの？」

「これはアルコーン社から依頼なのです」

パブリックにアルコーン社からの書面が開く。

「道終・知ルという子供に違法の電子葉が載っている可能性があり、その電子葉はアルコーン社の技術を盗用して作られたものであるという連絡が来ました。アルコーン社からの依頼内容はその電子葉の回収と検証です」

「企業のお願いなんて、普段は聞かないんだけどねえ」後ろから素月が言う。「でも国だって付き合いってもんがあるからさ。御野ちゃんもわかるでしょ。アルコーンみたいなでっかい会社は邪険にできないってこと。それにどうもその電子葉、結構な企業秘密に関わってるっぽいんだよねえ」

僕は、心臓に冷や汗をかく。

アルコーン社は、もう何かに気付いている。

先生の自殺の報からまだ一日だというのに、アルコーンは早くも施設の児童の電子葉に目を付けてきていた。まさかそれが〝量子葉〟なんていうとんでもない代物だとまでは突き止めていないだろうが、なんにしろ十数人の子供を総当りして全部回収してしまえば良いだけだ。

焦りを隠しながら考える。ここで知ルを素直に引き渡すわけにはいかない。量子葉が回収されてしまえば、僕はもう先生の真意を追う手がかりを失う。知ルはすぐに入院させられて移植手術にかかられるだろう。そうなれば彼女が言っていた〝四日後の約束〟というのも果たされないかもしれない。

「やばい品なのかもね。俺がわざわざ駆り出されるくらいだし」素月は自分の寄りかかった大型車を見上げた。「にしたって、これは流石に要らないと思うんだけどなあ」

「情報庁の取得情報では道終・知ルはクラス0となっていますが、確認の必要があります。もしかすると個人情報偽装装置《インパーソナー》等を用いている可能性もありますので」

僕は振り返って、知ルが眠る宿坊に視線を送った。

今の彼女は別にインパーソナーで個人情報を偽装しているわけではない。彼女が外からクラス0に見えているのは、実際に彼女の情報セキュリティレベルがクラス0だからに他ならない。

知ルは最高の情報取得能力を持っているが、それはあくまで〝情報を集める〟場合に限る力だ。彼女には〝情報を守る〟力が何も備わっていない。外部からのアクセスに関しては、彼女は何の保護も防壁も持たないクラス0でしかない。

「審議官の方で何かそういった痕跡は見当たりませんでしたか」

「偽装は、特に気付かなかったけれど……」

言葉を濁す。立場上、まさか知っていて隠していたと言うわけにもいかない。

そういった事情で、と職員はウィンドウを閉じる。

「御野審議官にも道終・知ルの保護にご協力いただきたいのです。審議官の方から彼女にご説明いただけませんでしょうか」

「保護された後、知ルはどうなるんだ」

「違法の電子葉は取り外されてアルコーン社に引き渡すことになるでしょう。道終・知ルには正規品が再装されます」

「ねぇ、その子って施設の子なんでしょ？　しかもあの道終・常イチの」素月が軽い口調で言う。「でも死んだんだよね？　じゃあその子、御野ちゃんが引き取るの？」

「まだ正式には決まっていないが……」

「十四歳ねぇ。御野ちゃんてロリコン？」

素月が少しだけ下を向いた。サングラスで分かり辛いが、多分啓示視界を読んでいる。

「うわ、何この子！　すっごい可愛いじゃん！」知ルの写真か動画を見たらしい素月は、けたたましく叫んだ。「うわぁい、子供の保護なんて全然乗り気じゃなかったけど、こんだけいけてるなら俺もロリコンでいいやあ。よっしゃ御野ちゃん、早く連れてきてよ」

「……今か？　こんな夜中に……」

「何言ってんのお前。捕まえに来てんだよこっちは」

素月の声に突然強いものが交じった。

「あのさあ、餓鬼だからって誰かに勝手に違法品入れられたとは限んないでしょ。その電子葉だって自分で希望して入れてもらったやつかもしんないじゃん。そしたら共犯者でしょ。逃げるでしょ。そういうの困るから俺達が夜中にわざわざこんな山奥くんだりまで来てるわけ。理解したか《underclass》、低クラス《understand》。それとも」

六角形のサングラスがにわかに黄色の蛍光を強める。

「連れて行ったら不都合でも？」

素月は見透かすような目で僕を見た。

不都合しかない。彼女を連れて行かれたらそれで終わりだ。だがこの要求を蹴ることもできない。情報庁職員である僕に、彼女の引渡しを拒む理由がない。違法品を使用している少女を保護する。正論は向こうだ。拒絶すれば違法品使用者の共犯として犯罪者の仲間入りとなる。

「不都合は、ないけれど」

「じゃあ早く連れてきてよ」

「しかし……」

「あのさぁー」

素月は僕を人差し指でさした。そしてそのまま、親指と中指をパチンと弾いた。

その一瞬。

腕の表面を巨大な虫が這いずったような感触が突然湧く。

「うわあっ！」

僕は叫び上げ、慌てて手を払った。だが何もいない。虫などいない。今のは。

啓示……触覚？

「別に御野ちゃんの許可とか要らないんだよ」素月はうんざりした声で言う。「俺＊だもん。権限上は何したって良いし、連れてこうと思えばどんな手だってあるの。その美人の中学生の電子葉に無理矢理電子葉薬《ドラッグ》流し込んで、頭おかしくして自分から全裸で走り出てくるようにだって出来るのよ？　でもそんなのかわいそーだから、こうして穏便に話してあげてるわけ。好意なわけ。なのにそんな渋い顔されちゃうとさあ、馬鹿らしくなっちゃうじゃん。裸に剝いてよだれとおしっこまみれで連れてこうかなって思っちゃうじゃん。で、どうするの？」

僕は虫が這いずった腕を押さえて頷いた。

絶望的だった。相手が悪過ぎる。

啓示触覚操作は象徴化《シンボライズ》された視覚操作や聴覚操作より格段に難しい処理だ。それをいとも簡単に再現できるクラス＊に僕は底知れぬ恐怖を覚える。抵抗のしようがなかった。逆らえばこの男は、本当に知ルを玩具にして連れて行くだろう。

諦めるという感覚が実感を伴って脳に滲み始める。引き渡すしか無いのなら、せめて無事に渡したい。彼女は何の罪もないただの十四歳の少女なのだから。

俯いて踵を返す。

知ルの寝ている宿坊へ続く石段に、一歩足をかけた。

「おやん？」

後ろで素月の間抜けな声がした。

見上げると、五十段を数える石段の一番上に、寝ていた時と同じ浴衣のままの姿の知ルが立っていた。

反射的に振り返って素月を睨む。

「いやいやいやいやいや。俺まだ何もしてないって。勝手に出てきたんだよぉあの子」

再び知ルを見上げる。僕は声をかけようとして、そして言葉を詰まらせた。状況は最悪だ。ここで僕らが抵抗を試みたところで、クラス＊の素月に電子的に抑えられて、人数に勝る機密課の連中に物理的に抑えられてしまうだけだろう。

結局諦めるしか無いのか。知ルが連れて行かれるのを黙って見ているしかできないのか。せめて彼女が酷いことをされないように、一切抵抗しないことしか選べないのか。

「ひょう」素月はサングラスを取って石段を見上げた。「実物のが可愛いわー。データより可愛いって凄くない？ 可憐ー。お人形みたーい」

素月はにやにやしながら言う。

「やっぱり今ちょっと剥いちゃおうか」

「な……」僕は素月をにらみつける。「おい、やめろ」

「ちょっとだけだよう。せっかく浴衣なんていう脱ぎやすい格好で出てきてくれたんだしさぁ。御野ちゃんも見たいでしょ？ ロリコンなんでしょ？」

「犯罪だ、違法行為だぞ！」

「機密課《うち》のやることは大体そうだけどね」素月がサングラスを掛け直す。「どうせクラス0なんだしさぁ。今更裸がどうとか関係ないっしょ。ちょっとだけちょっとだけ。そうそう、きっと偶然虫でも落ちてきて、服に入っちゃって慌てて脱いじゃうとかだね。ラッキーなハプニングってやつ？」

「やめ」

素月は知ルを指さして。

「俺は何もしてません、よっと」

指をパチンと弾いた。

僕は顔を歪めて石段の上を見上げた。知ルはその場で。

変わらず立っていた。

「おや？」

素月は首を傾げる。もう一度同じように指を弾く。

何も変わらなかった。石段の上の知ルになんら変化はない。

「なんだ、この感触……？」素月は小声で呟いた。「防壁じゃない……じゃあなんで通らない」

素月がつま先で地面を一回叩く。それから二度、三度と踏み鳴らす。しかし何も起こらない。知ルは石段の上から、静かに僕らを見下ろしている。

「……俺の命令が届いた途端に消えちまう」素月が苦々しく言う。

はっとする。僕は慌てて視界をインフォグラフィに切り替えた。道路と石段に敷設された情報材と周りの木々に散布されている情報剤が、この場の通信状況をビジョンとして描き出した。

素月がもう一度足を鳴らす。彼の頭の電子葉から真っ赤な帯が生まれ、宙を飛んで一瞬で知ルに伸びる。高密度に圧縮されたコマンド。知ルを攻撃する意志を持ったアクセス。

だが素月の赤い攻撃は、知ルの頭に触れた瞬間に掻き消えた。

起こっていることの意味に気付いて、全身に鳥肌が立った。

「解析してるっての？」同じ事に素月も気付いている。「俺のアクセスをその場で解析して処理してるってのか？　いやいやいや……そんな、馬鹿な真似」

できるわけがない。

情報防御の基本は防壁だ。壁を築いて防ぐ。より崩されにくい壁を考案し、より複雑な壁を構築して攻撃を防ぐ。壁が最善手である理由はたった一つ。作るのに時間をかけられるからだ。

情報戦は突き詰めれば情報量の比べ合いでしかない。どれだけの情報を積めたか。どれだけ情報を解析できたか。処理速度×時間。積んだ情報量の多い方が勝つ。だからこそ先に時間をかけて準備できる壁が基本的に優位となる。

だから今目の前で起きていることは、ただの魔法だった。

壁もないままで。

飛んできた銃弾を空中で溶かすような。

そんな馬鹿な真似が、誰にもできるわけがない。

「御野ちゃん……なんなの、あの子」

僕は答えない。次の瞬間、突然スタンガンでも当てられたような痛みが全身に走った。

「ぐ、あ、あ！」僕はその場で転げまわる。

「さっさと答えろよ!!」

うつ伏せに倒れ込む。全身が脱力し、顔が冷たい道路に触れた。

「なんだよあの餓鬼は！　今すぐ説明しろよ！　お前何か知ってんだろおがぁ!!」

「……あの、子は」

ボロボロにされた僕は道路に突っ伏したまま、残った力を振り絞って素月に顔を向けて。

そして無理矢理笑ってやった。

「クラス、9さ」

「……はっ!!!」

素月が知ルを見上げる。

「気が変わった。まずこの場でストリップだ。それから電子葉薬過剰《ヤク漬け》にして狂うまで犯してやる。最後は素手で自分の頭のを無理矢理外さしてやるよ。電子葉だけ残ってりゃいいんだ。餓鬼の命までは仕事に入ってねえ。おい、あれ開け」

「素月機密官、それは……」作業員の一人が口を挟む。

「うるせえ」

プッ、と血液が飛んだ。それは話しかけた作業員の鼻血だった。

「ら」

作業員の目が不随意に上に回ってその場に倒れ込む。びく、びく、と体が痙攣している。その症状は、今はもう殆ど存在しない〝電子葉事故〟だ。けれど今のは明らかに意図的なものだった。

「クラス4《お前ら》は交換部品だろうが。二、三人壊したってクラス＊《おれ》はちょっと怒られるくらいで済むんだよ。黙って言う通りに働けよ。それともなに？　全員考え殺されたいの？」

青ざめた作業員二人は慌てて車に戻った。彼らは運転席に乗り込むと何かの操作をする。

バシャ！　という大きな音が響き渡り、停まっていた車の後部が展開を始める。鉄製の仕掛けが一瞬で変形し、壁が倒れて十本近いアンテナが立ち上がった。外壁が開いたことで情報材のスキャンが可能になる。肉眼にも積荷が顕になる。

車に積んであったのは、大量の脳だった。

積み上げられた窓付きのケース。その一個一個に黄色い水が満たされ、中に剝き出しの脳と電子葉が浮かんでいる。展開したことで数も正確にスキャンできた。煉瓦のように積み上げられた一二八個の脳ケース。僕はそれを知識として知っていた。

人造脳処理装置《アーティフィシャルブレインプロセッサ》。

「御野ちゃん。自分の頭は自分で守ってね」

素月の言葉が届く。その意味がすぐに視覚的に理解される。

突然、空間から触手が生え出した。

トラックの荷台を中心にして、地面から、空中から、気味の悪い何かが無数に生え出す。クラゲの足にも似た、それよりもっとおぞましい、生き物の油に塗れたような半透明の触手がうじゃうじゃと湧く。その動きはあまりにも気味が悪かった。見ているだけで吐き気を感じるような、頭が生理的な理解を拒むような、人間の本能が忌避する何かだった。

触手はトラックから周囲に向かってどんどん広がってくる。地面を伝い、空中を蹂躙しながらこちらに近寄ってくる。僕は咄嗟にそれの正体を理解し、痺れの少ない指でなんとかジェスチャを行なってクラス5の情報的な防壁を展開した。触手は僕の手前で増殖を止め、少しだけ後退した。

僕はやっと〝人造脳処理装置〟の情報を思い出す。

培養的に創出した人工の脳を電子葉とセットにして高性能の生体CPUとして使用する技術。軍事目的で開発されている装置で、その処理能力は非常に高い。

ただ技術としてまだ完全に確立されたものではなく、人工脳が生体的に制御しきれないという欠点がある。処理命令には大筋で高速に応えるが、命令外の部分で余計な情報処理を展開するのを抑えることができず副作用が発生する。周辺の情報材や人間の脳に干渉して啓示感覚に〝幻覚〟を見せてしまう。今見えている不気味な触手はまさにそれだった。クラスの高い人間ならセキュリティで影響を抑えることもできるが、3以下の人間は近くにいるだけでどうにかなってしまうだろう。麻薬のアロマを垂れ流しているようなものだ。

だが、そんな副作用を無視して余りあるほど。

「速いからね、これ」

素月は嬉しそうにつぶやく。言う通り、素月が先導して人造脳処理装置を使えば一二八個の脳は一二八人のA級ハッカーを超える働きをするだろう。そんなものの相手をできる防壁も、セキュリティも、この世界には存在しない。

「さぁて……」

素月は足元で蠢く触手に囲まれながら石段の上を見上げる。

「まずは裸を拝ませてもらいましょうかねえ」

ピッ、と啓示視界にウィンドウが開いた。それは倒れている僕にも、素月にも見えるパブリックレイヤだった。貼りつけたのは知ルだ。裸の写真が並んでいる。女と、男と、イラストと、無秩序に。それは〝裸〟のキーワードで画像を検索しただけの、ネットの検索結果画面だった。

知ルのパブリックサウンドがこの場の全員の耳に届く。

「どうぞ……」

「いぃい度胸だなあああおおぉいっ!!!」

瞬間、キィンという独特の感覚が頭に響く。周囲の情報材が一斉に稼働し始めた感覚。同時に道路に横たわる僕の九十度傾いた視界の中でインフォグラフィが真っ赤に染まる。

触手が長く、太く伸び上がっていく。素月の電子葉と人造脳処理装置から恐ろしい量の情報が流れ出ていた。それはクラス5の僕では絶対に作り得ないレベルの情報物量。小細工の一切無い、クラス＊の処理能力と軍用装置の力をフル回転させた真っ直ぐなハッキング。油ぎった触手がインフォグラフィの真っ赤な血液と交じり合い、血まみれの蛸足になって石段を駆け登っていく。まるで地獄のような画だった。気が狂いそうなほど膨大な情報の奔流が石段の上に立つ知ルにぶち当たり。

　そして全て消えた。

　知ルに触れた瞬間、血も、油も、蛸の足も分解されていく。彼女の体表を覆う透明の膜が、押し寄せる情報を全て処理してしまっていた。

「まじかよまじかよまじかよまじかよまじかよまじかよまじかよまじかよまじかよまじかよ」

　素月が念仏のように唱えながらダムの放水さながらに情報を流し続ける。情報流の赤色は鮮烈さを増していく。蠢く触手も増え続け、一部が僕の体まで届いていた。僕はその漏れ出す情報すら処理し切れていなかった。明らかに情報密度が上がっている。速度だけじゃない。素月はより複雑で、より処理の難しいデータを作り出し、知ルを包む膜を突破しようとしていた。その莫大な力に僕は一瞬見惚れる。素月のハックはクラスの力に頼っていては絶対に身につかないだろう、非常に高いレベルの技術なのは間違いなかった。

　だがそれも全て、石段を上がったところで知ルの小さな頭に処理されていく。

消える。みんな消えていく。不気味な足も、真っ赤な流れも。すべて消える。

滞りなく。淀みなく。

規格外の処理速度。

僕は誤解していた。いや知ってはいたはずだ。だけど理解していなかった。クラス9の量子葉の力。セキュリティホールを利用できることも、あくまでその性能の副産物でしかなかったのだ。

量子葉は速い。

速い。ただ速い。圧倒的に速い。軍用の処理装置よりも。この世界のどの処理装置よりも。

知ルにはきっと、素月の全力のハックなど止まって見えているのだろう。弾を空中で溶かすどころではない。飛んでいる鳥を空中で解剖するような。それを実現する圧倒的な処理速度の差。

「あああくそああくそあくそなんなんだなんなんだなんなんだ何で俺がこんな餓鬼に餓鬼相手に餓鬼相手に!!　畜生があぁ!!」素月が全身を強張らせて叫び上げる。「ああ使うね!!　あーあー!!　知らねーよおぉ!!　入れろぉ!!」

素月の猛りに反応して、運転席の作業員が動いた。人造脳処理装置がプシュプシュと音を上げる。黄色い液体に青い液が混じり込み、それに合わせて培養液が仄かに光を放った。

キィィィィンという強烈な通信感覚が周囲を苛む。

　突然、経験したことのない匂いと味が鼻と口に染み込む。脳処理装置の情報漏れが啓示嗅覚と啓示味覚にも浸透してきたのだ。僕は必死でセキュリティを上げたがもはや対処できるレベルではなかった。

　トラックの真下から、腐った脂が染み出す。

蠢く触手を浸すように腐臭を放つ黄色い脂が湧き出した。酸鼻に吐き気がこみ上げる。まるで膿のようなそれは中空からも漏れ始めて垂れ流れる。ぐちゃぐちゃの膿のプールを無数の触手がかき混ぜて、脳処理装置の周囲は悪夢の世界と化した。その全てが、素月にしか扱えないだろう狂った情報の塊だった。

「畜生!!　こんなもん持たされた意味が今更解ったぜ!!　知ってやがったなあの糞社長!!」素月は毒づいて、そして笑う。「だけどもう終わりだかんな!!　俺が悪いんじゃねえよ!!　こんなもん使わせる方が悪いんだかんな!!　やべえなあやべえなあこれじゃ脱ぐ前に狂っちゃうかもしんねーなぁ!!　せいぜい抵抗して正気でストリップしてちょーだいよ!!!」

　素月のサングラスが下品なネオンサインのように光り散らす。腐敗した脂と触手の河が脳処理装置から次々と生まれ続ける。一二八の処理脳は今までとオーダーの違う量の情報を溢れさせ、視界が、世界が脂の海に沈んでいく。

「お疲れー」

素月の一言を合図に、ありえない量の情報が氾濫する。周囲を沈めかけていた脂が一斉に素月の元に集まり、車の荷台から溢れだした情報脂と合わさって巨大な津波となる。脂の津波は石段を瞬く間に沈めていき。

一番上の知ルを一気に飲み込んだ。

「ふーっ」

素月は満面の笑みで息を吐いた。

僕は横たわったままで、呆然とする。

「いやいやいやいやいやー……やばかった。まじ本気でやばかったよ。クラス9とか冗談でしょと思ってたらさあ。なんなのあれ？　9とか本当にあんの？　化け物じゃんあんなの。こちとら普通の人間様なんだからさあ。道具も無しで勝てってこないっての」素月はニヤニヤと笑って石段を見上げる。「まーでも結局勝ったからなんでもいっか。ほら御野ちゃんも見なよ。これよこれ。俺はこれが見たかったんだよお」

言われて僕は痺れが残る体を無理矢理起こし、上を見上げる。

「ひょお出た出た出た！　ついに出ましたよ！　いやでも気が狂わないだけすげえって。普通あれ食らって生きてらんないよ？　正気保ったままでストリップできてる方にビビるね俺は。おっそろしい餓鬼だわ。しかし苦労しただけあってカンドーするねカンドー。俺女の裸でここまで興奮すんの初めてかもなあ、すげえすげえまじで血が昇っちゃうよ鼻血出るねこれは、御野ちゃんも見なよほら。二人目来たよ二人目。あれ三人？　うわなんかいっぱい居るな、すげえな、裸の女で一杯だよおい多すぎだろ溢れてるぞすげなんだこれ溺れちゃうよ女のプールかよ女でいっぱいだ女だ女女女女ぉ、ぷ、あ」

素月がその場で倒れる音がしたが、僕は目を離せなかった。

悪夢の終わった世界。

晴れ渡った視界の中に平然と佇む知ル。

その彼女の足元から伸び、そして素月まで繋がっている、真っ赤な、真っ赤な、どこまでも赤い一本の糸。

それは素月と人造脳処理装置が作り出した情報脂の大津波を、無理矢理一本の糸になるまで圧縮させたような、超高密度な情報の撚り糸。

「こうやるんですね」

知ルは呟いた。

それは間違いなく、彼女のハ、、ッ、、キ、、ン、、グ、、だった。

知ルは素月のハックを処理し続けた。分析し続けた。凄まじい技術と処理能力を持つ素月の攻撃を受け続け、解析し続けて。

覚えたのだ。

ハックの技術も知識も、防壁のことすらも一切知らなかった知ルが、この数分の中で全てを知り、全てを学び、そして誰よりも上手く使いこなした。それは量子葉の力。人を超えた思考速度。時の止まった世界の住人のような、圧倒的な処理速度の差だった。

飛んできた鳥を空中で解剖し、隅々まで学び、縫合して、また飛ばす。

知ルが素月にやったのは、まさにそんな人知を超えた行為だった。

車から蒼白の作業員が降りてくる。鼻血を吹いて倒れた素月を見て二人の作業員は唖然としている。

「連れて帰ってください」

パブリックサウンドで知ルが言った。だが作業員二人は未だ戸惑っている。知ルを保護する仕事で来た以上、このまま手ぶらで帰るわけにもいかないのだろう。二人は顔を見合わせて狼狽する。

知ルは遠い二人に、耳元で囁くように言った。

「考え殺されたいですか？」

作業員二人は色を失い、抜けそうな腰で素月を運転席に詰め込むと脱兎のごとき運転で消えた。石段を降りてきた浴衣姿の知ルが、しびれの抜け切らない僕を助け起こす。僕は人外の力を見せた彼女の顔をまじまじと見遣る。

彼女ははにかんで言った。

「私、人を脅したのって初めてです」

Ⅲ. adult

1

一睡も出来なかった。

ホテルのベッドで体を起こす。啓示視界に朝六時半の時刻表示が浮かんで消えた。レースカーテン越しの朝日が客室内を明るく照らす。

壁の向こうから聞こえていた、水を使う音が止んだ。少し経ってからTシャツに短パンの知ルが頭を拭きながら現れた。

「おはようございます」

「……朝風呂とはのどかだな」

「気持ちがいいですよ」

知ルはベクトルのずれた返答をする。

「君は状況が解っているのか？」

僕は疲れた顔で首を振った。

昨夜、僕らはアルコーン社に手配された情報庁の特殊部署に襲われた。彼ら機密情報課は知ルを保護し、彼女の頭の電子葉を回収する命を帯びていた。そして知ルはそれを見事撃退した。

それ自体は責めることはできない。ああするしかなかった。先生に託された知ルの量子葉が奪われるのは本意ではないし、知ル自身もそれは望んでいない。だから機密課の指示には従えない。確かにあの場では抵抗するしかなかったのは解る。その結果として機密課は退けられた。が同時に、そこから次の状況を想像するのも容易だった。

容疑者《wanted》。

今の知ルは『アルコーン社の強奪技術を無断使用して逃走する犯人』であり、僕はそれを幇助する共犯者だった。弁明のしようがない。たとえ量子葉の全てが先生の手による発明なのだとしても、雇用していた企業相手にそんな主張は通らないだろう。

それに機密課をあんな形で退けてしまった以上、情報庁でも事態を軽視できないはずだ。クラス＊という特例クラスを難なく退けるような人間が京都の市内に潜伏しているのだ。

今頃は情報庁だけでなく警察も絡んだ捜索に発展しているはずだ。実際昨晩、一度家に戻れないかと思ったが、知ルが「警察がいますよ」と言うので帰れなかった。結局こうして市内のホテルに潜伏する羽目になっている。

ただ疑問もある。そもそも情報庁が本腰を入れたら僕らがホテルに居ることなど一瞬で調べられそうなものだ。庁はクラス＊などというレベルの権限を持っているのだから、市内全域どころか日本のどこに居たとしても居場所を調べるくらい簡単なはずだ。

「それは私が偽装していますから大丈夫ですよ」

知ルは事もなげに言った。

「昨晩、あの機密課の方に色々なやり方を教わったので」

僕は力無くため息を吐く。頭がどうにかなりそうだった。

昨日までクラス6までしか無いと思っていた世界で、クラス＊が張り巡らせた情報検問を、クラス9の偽装がくぐり抜けている。これまでの常識が通用する状況ではないらしい。

とりあえず知ルの言うことを信じるなら、すぐに見つかる心配はないと仮定して。

「これからどうする気なんだ」

そう聞くと、知ルはテーブルの上にあったホテルのパンフレットを一部取った。縦長の冊子を開いて僕に見せる。彼女は朝食の案内を指さした。

「私、バイキングって初めてです」

ホテルのレストランは騒がしかった。同じホテルに宿泊していた修学旅行生の一団に当たったためだ。制服の子供達が取り放題の料理をおおはしゃぎで皿に盛る。それに混じってうちのお嬢様も、騒ぎこそしないが静かな興奮を顔に出しながら真剣に料理を吟味していた。

知ルは選び抜いた煮物や湯豆腐を持って戻ってくる。

「修学旅行の二日目はどこに行かれますかお嬢様」

僕は捨て鉢に聞く。元々からして知ルの行きたい場所にお供するだけだったが、警察に追われる身となってしまった今では彼女の庇護無しでは一秒も生きられない。もはや知ルの後ろをこそこそと付いて行くしかない。

「今日は、夜に予定があります」

彼女は僕の嫌味も全く気にしていない様子で平然と答える。

「予定って……いや、どんな予定かは知らないが、今はそれどころじゃないと思うんだが。僕らは犯罪者として追われているんだぞ」

「捕まらないようにはしますから」知ルは簡単に言う。「それに」

「それになんだ」

「今日の予定をこなさないと、〝約束〟に間に合いませんよ」

僕はきょとんとした。まさか、約束というのは。

「もしかしてあの、四日後というあれか。人と会うとかいう……」

「連レルさんにお話をしたのが一昨日の夜。昨日はお寺を見に行って、もう二日が立ちました。後二日です」

「……こんな状況になっても、まだその約束というのは生きていると？」

僕は怪訝な顔で聞いた。知ルは一つ頷く。

「そのためには、今日の予定もこなさなければ」

そう言って知ルは、貴方にそれ以外の選択肢はないんですよと書かれた顔で僕に笑いかけた。僕は顔を覆う。だが彼女の顔の通り、もう選択の余地は無かった。

「で……今日の予定って何」

「私、行きたいところがあるんです。案内してくれる方にもアポイントを取ってあります」

パブリックに昨日と同じように、知ルが出したメールの記録《オフィシャルブログ》が開く。やはり事前に準備はされているようだった。僕は諦め半分でメールに目を通す。だがそのアドレスのドメインには見覚えがあった。

「この案内人というのは……」

「宮内庁の京都付式部職式部官長です」

「宮内庁？」思わず聞き返す。「いや宮内庁って、仮にも官公庁じゃないか。それは確かに宮内庁と情報庁に直接的な関わりはないが……」

それでも同じ市内の役所なら連絡ぐらいは伝わるはずだ。当然だが警察に追われてる犯罪者に協力してくれるような組織ではない。

「そんなところの人間とアポイントだなんて……それは信頼できる相手なのか？」

「面識はありません。向こうは私が誰なのかも知らないでしょう」

「は？」

「今晩行きます、と事前に一報打っておいただけです」僕はログを見返した。確かに行くとしか書いていない。「返事ももらっていません」

「でもさっきアポイントが取れていると」

「そう表現するのが一番近いんです」

僕は困惑する。この子は何を言っているんだろうか。

「時間は夜九時です」知ルはあくまでマイペースに話を進めた。僕の頭は考えるのをやめそうになっていた。ただ夜の九時だと聞いて、それまではこのホテルに隠れて多少なりとも休めるだろうことだけが心の救いだった。

「いえ、昼は買い物に行きましょう」

「君はさっきから何を言っているんだ」

「情報を偽装している以上は街中もホテルの中も変わりませんよ。それより連レルさん。私、欲しいものがあるんです」

「何をご所望ですかお嬢様」

「ドレス」

「なぜ」

「今夜のために正装が欲しいんです。連レルさんも用意された方がいいですよ。一緒に買いましょう」

「ドレスコードのあるようなところに行く気なのか……」

額をおさえて首を振る。状況の変化に意識を追いつかせたいが、普通の電子葉しか持っていない僕の頭ではもう許容量を超えている気もした。しかし低クラスなりの目一杯の思考で抵抗し、僕は彼女がお金を持っていないという事実に気づいた。

「つまり僕が買うんだね」

「お礼はしますよ」

知ルは余裕たっぷりに微笑んで、紅茶を啜った。

2

昼間の四条河原町は人でごった返していた。

知ルは制服、僕はスーツという昨日のままの格好で歩く。特に変装などするわけでもなく、人目につく大通りを真っ直ぐに進んでいく。

「追われる身なのに堂々としたもんだな……」

「不安なんですか」

「当たり前だ。そもそも君がハッキングで誤魔化せているのは僕らの電子的な情報だけなんだろう？　もちろんそれでも居場所は特定できないだろうが、警察が動いているとしたら捜査員が出ているかもしれない。そうなれば目視で発見される可能性があるわけだし……」

そう言って隣を見遣ると、知ルがこつ然といなくなっていた。何かの気配を感じて足元に目を落とす。

そこに、一頭の豚がいた。

「うわっ!!」

突然現れた大きな豚に驚いて後ずさる。薄汚れた肌色の豚が鼻を鳴らす。家畜の悪臭が周囲に充満する。なんで、なんで街中に豚が。だが周りを見回して僕は別の違和感に気付いた。僕と豚を避けていく人並みが奇異の目で見つめているのは、この臭い豚ではなく明らかに僕の方だった。

「啓示装置は脳に到達する神経束の全て、つまり五感に働きかけます」

豚は口を動かして言葉を喋った。

知ルの声で。

「電子葉を付けている限りにおいては、五感は啓示装置の影響下にあります。今は啓示視覚・聴覚・嗅覚の操作で、連レルさんにだけ私を豚に見せています」

言い終わると豚が瞬間的に知ルに切り替わった。強烈に立ち込めていた悪臭も一瞬で掻き消える。世界は何事も無かったように正常に戻っている。

「偽装しているのは登録情報《タグ》だけではないんです。人間相手には五感情報偽装を、機器相手には質量《マス》・形状《アウトライン》・温度《サーモ》・音響《エコー》・電気磁気共鳴《エレクトロマグネティックス》・伝搬遅延《ドップラー》偽装を施しています。直接触れられたところでバレませんよ」

僕は愕然として彼女の説明を聞いた。

量子葉が想像を絶するほどの処理能力を有しているのは昨日実感したばかりだが、彼女がやっていることを改めて聞いてその荒唐無稽さに呆然とする。実際に豚を見せてもらわなければとても信じられなかっただろう。常識を遥かに超えた処理能力だ。量子葉を備えた上でハッキングの技術まで学んでしまった知ルは、この情報化社会においてはほとんど無敵の存在となっていた。

先生がなぜ彼女のクラスを9と規定したのかを今更思い知る。クラス6辺りとは明らかな力の隔たりがある。7も8も飛び越えた9。オーダーの違う存在。

そんな彼女はロークラスの僕の不安を取り除こうと、周辺に配備されている警官の情報を教えてくれた。啓示視界に地図と警察の人員配置図が届く。警官二十二人、私服警官六人。懸念した通り、事態はかなりの大事になっているようだった。

それから彼女は僕らに施した偽装情報についても教えてくれた。啓示視界の隅にウィンドウが開き、そこに近くの捜査員の目線の映像が映し出される。捜査員の目に映る僕らは、ありふれた修学旅行生として河原町の賑わいを楽しんでいた。

3

飾り立てられた内装のフロアに、たくさんのドレスが並べられている。

四条河原の交差点からほど近いところにあるドレスショップに僕らは来ていた。店内に百着はあろうかという色とりどりのドレスが取り揃う。またそれと合わせる鞄、靴、アクセサリー等も照明に照らされて眩く輝いている。

知ルはドレスを念入りに吟味している。これが素敵ですね、これもいいですね、と嬉しそうに選ぶ姿はなんだか普通の女の子のようで、彼女がクラス9であるという事実を一瞬忘れさせる。だがどんなに忘れたいと思っても、この子が非常識な存在であることに変わりはない。

「これはどうでしょうか連レルさん」

「ああ……うん」

僕は歯切れ悪く答える。衣装に付けられた情報タグが僕に服の詳細を伝えた。そのブランドドレスは一〇二万円だった。

「あの、知ル」

「なんですか」

僕は手招きで知ルを呼び、横で微笑む店員に聞こえないよう小声で話しかける。

「僕は思うんだけれど……別にドレスをわざわざ購入しなくても、君のハックと電子葉操作でいくらでも相手に正装を見せることは可能じゃないのか」

「そうですね」

「じゃあ何も実際に用意しなくても……」

正直に言ってしまえば、僕は価格に尻込みしていた。普段なら別に買えない額のものではないが、状況がすでに以前とは違う。知ルと共に情報庁から逃走中である以上、この後再び職場復帰できる可能性は限りなく低いだろう。そうなれば当然収入が絶たれる。今後の事を考えると金はあまり無駄にできない。

「今回のところは君の能力でなんとか」

「連レルさん。それは本来の意味と真逆の行為です」

「意味？」

「連レルさんは、服装規定《ドレスコード》を誤解しています」

知ルは子供に教え含める親のように僕に説明する。

「ドレスコードとは〝然るべき場所で然るべき服装をする〟ことです。それは本来、決まりだから、規則だからという縛りではありません。その場と相手に対して相応しいと思う服装を自ら選択すること。相手のことを考え、その結果を自分の行動として反映すること。相手に敬意を払うこと。それがドレスコードの意味と意義です。電子葉操作でドレスを作り出すというのは、それがたとえ実体と変わらない質を持っていたとしても、相手を騙すことに他なりません。それは敬意とは真逆の行為です。最も重要なのはドレスの有無ではなく、着る人間の心の状態だということを理解して下さい」

ぐうの音も出ない正論に完全に論破される。知ルの言っていることの方が論理的にも倫理的にもあらゆる面で正しい。ただ一点、状況的に間違っている気がしたが、この後どんな状況になるのかも解っていない僕ではその説得も勝ち目は薄かった。

けれどたった一つだけ、状況が僕に味方してくれた。店舗には沢山のドレスが揃っていたが、中学生の体型用の物は揃えが少なかったのだ。

女性店員が「お求め易くなっております」と値段を教えてくれる。十二万円だった。さっきの値段を見た後だとこれでも安く感じられるから不思議だ。もし時間に余裕があったらオーダーで作らされたかもしれない。約束が今晩で幸いだった。

フィッティングルームのカーテンが開く。

少ない選択肢の中から彼女が選んだのは白とピンクの、スカートのフリルが花のように広がるロングドレスだった。ローティーンサイズのそれは、本来はまだ若い女の子の愛らしさを引き立てるようにデザインされた〝可愛い〟ドレスなのだろうと思う。咲いたばかりの花を楽しく愛でるためのキュートな包装《ラッピング》。

だけれど知ルがそれを着ると、印象が全く変わった。ドレスを着た彼女の立ち姿は、一種凄然とした美しさを放っていた。ただ立っているだけなのに、まるで飾られた磁器の名品のように周りの空気を冷やしている。「お連れ様、すごいですね」と女性店員が囁いた。僕もその不思議な美しさに見惚れる。生物と静物を合わせたような調和。静止した花《プリザーブドフラワー》。

知ルは自分のドレスを見下ろしてにこりと微笑んだ。どうやら気に入ったらしい。彼女はヒールも履いてフィッティングルームを出ると、僕のところに寄ってくる。

「どうでしょう」

「大層美しいよ」

知ルがそこからさらに二歩踏み出す。僕の正面、爪先が触れ合うような距離にピタリと立ち止まった。近過ぎてドレスが見えない。彼女の右手が上がった。

「連レルさん、踊れますか」

「……ダンス？」

彼女の取ったポーズは、パーティーで見るような社交ダンスの型だった。でも残念ながら。

「僕は踊れないよ。やったことがない。仕事でパーティーに出る時に覚えろと言われたけれど、結局出ないで避け続けてきたし」

「でも連レルさんは、私が手を上げた時に、それがダンスの手つきだとわかりましたよね」

「その程度は知識だけで……」

「十分です」知ルは店員に顔を向けた。「少しだけ、回っても？」

店員は戸惑いながら頷く。許可をもらって、知ルは左手を上げた。そして啓示視界でここに手を添えろと指示を出してきた。本当にこの場で踊ってみる気らしい。フロア自体はそれなりの広さがあるからできないことはないのだろうが。僕は本当に未経験だ。

こういった運動の類は電子葉でやり方だけは調べられても、結局は練習を積まないとできるようにはならない。電子葉もなんでもできる万能装置ではない。足を踏んで終わるのが関の山だろうと思いながら、僕は言われた通りに手を添える。

左足が前に一歩動いた。

合わせるように右足が一歩引かれた。

「え？」

そのたった一つの動作に、僕は強く戸惑う。何が起こったのかよくわからない。

先に動いたのは、僕の足だった。

いや、だって今、左足を前に一歩踏み出せと。

彼女の手が言ったから。

僕は自然と2ステップ目を踏んだ。前。3ステップ。左。4ステップ。寄せる。

踏めていた。踊れていた。

啓示視界で指示されているわけじゃない。啓示聴覚で教えられているわけじゃない。電子葉で何かを操られているのではなかった。

知ルの手が、顔が、体が情報を出している。

僕の手が、顔が、体が情報を拾っている。

「ダンスはシンプルな情報交換手段の一つです」踊りながら知ルが呟く。「ボディ・ランゲージ、非言語的な会話。特にパーティーダンスはそのコミュニケーションが取りやすい形、踊りやすい形に洗練されていますから。一人が《喋り上手》なら、相手が《口下手》でも問題ありませんよ」

それほど広くないフロアで、知ルは僕を好きなように踊らせ、そして踊らせた僕のリードで自分も踊った。本当に一度もやったことのない僕は、されるがままに足を運んだ。水が上から下に流れるように、次の場所に次の場所にと自然に足が流れていく。それは僕が初めて経験する類の情報交換《コミュニケーション》だった。

店員は呆けた顔で、回る僕らに拍手を送っていた。

4

買い物を終えて、無事ホテルに帰り着いた頃には日が傾いていた。窓の外の陽を気にすると、啓示視界に午後四時の表示が浮かんだ。

買ってきたスーツとドレスの袋をベッドの上に置く。その他にも、何故かイヤフォンで聞くタイプの年代物のミュージックプレイヤーを買わされた。電子葉の時代になってディスプレイとともに消えつつあるものの一つだ。こんなもの何に使うのだろう。少なくとも知ルと僕には必要のない品物だ。

荷物を降ろした僕は落ちるようにベッドに座り込んだ。疲れていた。体の疲れではない。ドレスショップでくるくると回ったのはほんの一分程で別にそのせいではない。主な原因は気疲れだった。いくら偽装でごまかしてもらっているとは言っても、警察でいっぱいの街を歩くのは精神に悪い。

少し休みたかった。予定の時間までまだしばらくある。

「そういえば、場所はどこなんだ」

「すぐ近くですよ。ここから歩いてもいけます。時間はありますから休憩しましょう」

知ルはホテルに備え付けのポットでお湯を沸かし始めた。コーヒーを入れてくれるらしい。ドリップのパックで味は期待できないが、それでも疲れた頭にはありがたい。

コーヒーのことを考えていたら、ふと、飲み慣れた三縞君のコーヒーの味が頭をかすめた。

僕は啓示視界にネットの情報を開く。逃走の身になって電子葉の機能にもすぐにブロック措置が入るかと思ったが、知ルが色々と対処してくれているおかげなのか、今でも普段通りに使用できている。

僕が開いたのは三縞君のソーシャルページだった。個人が日記や近況など好きな事を書き込む交流用のサイトだが、三縞君はそういった行為が嫌いなので何かを書き込むことはまず無い。建前上の付き合いで開いてあるだけだと本人も言っていた。だからここを見ても何の情報も得られないだろうが、それでもなんとなく開いてしまった。サイトを開くという行為だけでも、何かの繋がりが保てたような気分になれると思った。

けれど、そこには書き込みがあった。

『昨日、こんな蝶を見ました』

十文字程度の僅かな一文に、一枚の画像が添付されていた。白と朱の羽の大きな蝶。自動的に〝ツマベニチョウ〟のタグが開く。大きな蝶を見たことを書き記した日記、ではないのは、蝶の情報を紐解いてすぐに解った。ツマベニチョウは熱帯の蝶で、日本では九州南部と沖縄にしか生息しない。だから彼女がこの蝶を京都で見たというのは嘘だ。そして何より三縞君はこういう日記を書く人間ではない。

それは、僕に宛てた連絡だった。

僕はツマベニチョウの情報を読み込む。その蝶は神経毒を持つ毒蝶だった。彼女は滅多に書かない日記を通してこう言っていた。

『〝庁〟には毒があります』

もう情報庁では、機密課だけでなく情報官房にも僕の事件の話が伝わっているのだろう。僕がいなければ三縞君が官房の事実上の主力だ。ならば彼女はきっと僕の捜索に関わる仕事も振られていると予想できる。

なのに、彼女はこんなメッセージを書いてしまっている。庁には気をつけてください、庁には触れないでください、庁はもうあなたの味方ではありません、と。僕が犯罪に加担して逃げ回っていると聞かされたはずなのに。

三縞君の顔が頭を掠める。彼女のコーヒーを最後に飲んだのはほんの三日前なのに、なんだかもの凄く昔のように思えた。この三日の間に、あまりにも衝撃的な出来事ばかりが続いたから。

先生との再会。知ルとの出会い。先生の死。クラス９。情報庁の追っ手。逃走。

脳はもうずっと悲鳴を上げている。少しでいいから休ませてくれと訴え続けている。

三縞君のコーヒーが飲みたかった。

「三縞・歌ウさんが好きなのですか？」

唐突な質問に驚いて知ルを見る。

「また君は勝手に心を……」

「すみません」

「読んだなら、僕がどう思っているかくらい解るだろう」

「連レルさんの精神状態を私が定義することにはあまり意味がありません。貴方が貴方の精神状態をどう定義しているのかが聞きたいのです」

「聞いてどうするんだ」

「知りたいだけです」

知ルは悪びれもせずに言った。実際別に悪いことではないと思っているんだろう。僕の方だって特に隠すようなことではない。真面目に考えるのが、少し気恥ずかしいというだけで。

「そうだな……」

僕は三縞君の事を考えた。それだけでも少し気が安らいだ。

「彼女のことはとても高く評価しているよ。尊敬もしているよ。僕に無いものを三縞君はたくさん持っているし、それを眩しく思う時もある。でもこれは……多分、好きとは違うな。むしろ触っちゃいけないような気がしている。僕が触れたら、きっと汚れる」

「汚れる？　何が？」

「さあ……僕自身も上手くタグ付け《定義》できない感情だけれど……。きっと汚れるんだ。そして一度汚れたら落とせなくなる。だから最初から触っちゃいけないんだよ」

「ふうん……」

知ルは解ったような解らないような呟きを漏らした。

お湯が沸いたアラームが啓示聴覚に届く。知ルはドリップパックを開けてコーヒーを二杯作った。カップの一つを受け取る。パックのコーヒーは、濃くも薄くもない最頻値《モード》の味がした。

「美味しい？」

「うん」

「三縞さんの淹れたコーヒーとどっちが美味しいですか？」

「なんで張り合う」

「知りたいだけです」

「同じくらいかな……」

そう答えると、知ルは大人びた顔で微笑んだ。

彼女は自分のカップを持っていき、窓際のテーブルに置いて、自分は椅子に腰掛けた。

「ドレスのお礼がまだでしたね」

「なにかくれるのかい」

「ええ。貴方が今想像したようなものではありませんけれど」

「……名誉のために訴えたいが、中学生相手に卑猥な想像をしたつもりはない」

「連レルさんにつもりが無くても、想像はしてしまうものです。想像というのは、ほとんど自動的な反応ですから。連想が繋がれば考えずにはいられない。核分裂反応のように次々と繋がっていくしかないんです」

「どうしても僕が卑猥な想像をしたと認めさせたいのか？」

「そうですね……」知ルは僕の質問の答えともそうでないともつかない調子で呟く。「それではお礼は、連レルさんが想像できないことにしましょう」

そういうと知ルはにこりと微笑んで、足を組んだ。

その仕草に、僕の心臓が小さく一つ打つのを感じた。

「想像力の」

知ルの言葉が一つ紡がれる。さっきまでと変わらない彼女の綺麗な声。その中に、上手く説明できない奇妙な違和感が混じった。

「話をしましょう」

「想像力？」

「想像力は、想像する力。最もシンプルな例を一つ挙げます。それは二十一世紀初頭に登場した、検索エンジンのサジェスト機能です」

サジェスト機能。

ユーザーの検索を補助する機能。七十年前に登場したそれは、現代の認識では非常に大きな技術革新であったと捉えられている。

検索したい文字列の最初の部分を入力する。するとその冒頭部分のサーチが始まり、それに続くであろう言葉が情報優先度に従って自動的に選び出される。

〝道路〟と打ち込めばその瞬間にネットワークから情報が取得され、
貴方が打とうとしている言葉は〝道路交通情報〟ですね

貴方が打とうとしている言葉は〝道路地図〟ですね
貴方が打とうとしている言葉は〝道路標識〟ですね

と検索された回数が多い順に、正解に近いと思われる順に、先行して教えてくれる。入力の効率化と誤入力防止を図るこの機能は、社会の高度情報化が進むにつれてその重要度を増した。世界の情報量が増加するほど、比例的に調べ物が難しくなる。それを補助するためのサジェストは、この電子葉時代においては無ければ何もできないほどに不可欠なアルゴリズムとなった。

「蓄積された情報を用いて未来を先行して予測する。これが想像力です。情報が多ければ多いほど、より正確に、より多くの未来を予測できます」

「機械にも想像力があるという話？」

「機械でも脳でも、行われていることは全く同じです。区別する意味はない。ただし機械より脳の方が、この能力は格段に優れています」

知ルは視線を落として、宙空を見つめた。まるで独り言のように呟く。

「脳の想像力による補完は、人間が生きている限り日常的に行われています。連レルさんにはこんな経験がありませんか？　読んでいる物語の先がふと解る。話している相手が何を言おうとしているのかがふと解る。それが想像力の発露。蓄積された情報が絡み合い、一つ先を想起させる。もちろん間違いもある。ですが情報の累積が進むなら、予測の精度も上がっていく。想像力とは〝正解〟により速く、より正しく到達するためのアルゴリズム」

そう言うと知ルは首を回して、隣に置かれたテーブルの上の、何もない空間を見つめた。それはなんとなくの曖昧な動きではなく、何か明確な意志を感じさせるアクションだった。何もないそこにある、何かを見るように。

「私達の脳は想像力に長ける。だからこの世界で〝正解〟を求めるなら、脳に世界のありったけの情報を注ぐべきだ。可能な限り〝全知〟を目指すべきだ」

傾いた陽が窓から差し込み、いつのまにか知ルの姿を逆光にしていた。彼女の顔に色の濃い影が落ちる。

知ルの言葉には、もはや明確な違和感が混じっている。

その違和感の正体を、僕は徐々に想像していた。

「こういうフレーズを聞いたことは？

『あの人はきっとこう言うだろう』

『あの人はそんなことは言わない』

全て想像力から生まれる言葉だ。〝あの人〟の情報が十分に蓄えられているなら、〝あの人〟を正しく想像できる。蓄積が進めば精度は上がる。それを可能な限り推し進めることができれば」

知ルの顔はもう影でほとんど見えなかった。

彼女の違和感は、どんどん貯まって、貯まりきって。

そして山を超えるように、逆方向に降り始める。

違和感が頂点を超えて溢れだす。

それが山の向こう側で、別の何かにフィットしていく。

「つまりクラス9ともなれば、その無類の情報処理能力と無二の情報収集能力をもって、仮定した〝あの人〟という一人の人間を、完璧に再現することも造作ないということだ」

〝その人〟はテーブルの上を見つめた。

その何もない空間に確かに存在する、今やほとんど使われていない、アナクロなディスプレイを。

僕は。

〝その人〟に呼びかけた。

「先生」

「君は察しが良い」

何を言っているんだろうと自分でも思った。だけど僕には解った。確信できた。

目の前で足を組む制服姿の中学生は、紛れもなく、先生だった。

「なるほど。知ルのお礼は、御野君に私と話をさせてあげることか」

先生は自分の手を、まるで他人の体のように見つめながら言った。それは魂だけが乗り移ったような。先生の心だけが知ルの体に乗り移ったような。ファンタジーのような光景だった。目の前に、自ら命を絶った先生がいる。もう二度と会えないと思っていた先生がいる。

「先生……」

唾を飲み込む。喉を震わせる。

「先生……先生、僕は……僕は貴方に」

聞きたいことが。

知りたいことが。

しかしそこで僕の言葉は止まった。それ以上の言葉がせき止められる。

聞けないと解っていた。

僕は知ルの説明を聞いて、この現象を理解していた。目の前にいる先生は、知ルの想像力によって〝再現された先生〟だと。知ルが持ち得る大量の情報と、知ルの持つ最高の処理能力を合わせて〝作られた先生〟。

それを偽物だというつもりは無かった。不完全だというつもりも無かった。

だって知ルは僕の勝手な思い込みなどを遥かに超えたクラス9で、きっと彼女なら先生を完璧に再現することもできるのだろう。この先生は、生きていた頃の先生と寸分違わない、本物の先生だと強く思える。

　だからこそ解ってしまう。

　先生が生前にあえて教えてくれなかったことを。先生が今教えてくれるはずがないことを。

　僕は、首を振る。

「君は本当に察しが良い」

　中学生の女の子になってしまった先生が苦笑する。

「御野君」

「……はい」

「不安になることはない。もうすぐだよ。君が知りたいことはもうすぐ全て明かされる。私がなぜ命を絶ったのか。知ルが何を求めているのか。今日と明日と明後日、それで全てが解るだろう。だから君はその場にいるだけでいい。知ルと一緒にいるだけでいい。彼女が君を連れて行ってくれる。だから君も彼女を連れて行ってやってくれ」

「僕が？　僕に知ルを、どこに連れて行けって言うんですか」

「一人の人間が持ち得るものはそんなに多くない。だからみんなでやるんだ。そうして世界を埋めるんだ。そのためには君の力も間違いなく必要なんだよ」

「でも……今更、僕に何が……」

「存在自体が大切なんだ。君がいること。物質としての質量と、情報としての質量。君の全てが必要なんだ。だから君は生きていれば良い。後は君であれば良い」

「……なんだか、酷い言われような気がします」

「ただ、せっかく生きているのだから」

先生は膝の上で手を組む。

「せめてその生は幸せでありたいものだな」

先生は僕を見て、柔らかく微笑む。

「先生?」

「夜まであまり時間はないが、何か話そうか御野君」

先生の言葉にまず心が反応した。次に心臓が。血流が反応する。表情筋が動いて、頬が紅潮したのを自分で感じる。

「実は一昨日の講義でも話し切れなかったネタがたくさんあってね」

そう言って先生は楽しそうに、何もないテーブルの上のディスプレイを眺めた。

それからの二時間は、僕にとっての至福の時間となった。

それは知ルが、たった十二万のドレスのお礼にくれた。

世界で最高のプレゼントだった。

外の陽がもう消えかけている。窓からの光は最後の余韻を残すのみだった。魔法の時間が終わりを告げている。

「『天国の日々』か」

先生は窓の外を見て呟いた。電子葉が映画のタイトルだと教えてくれた。日没後の二十分《マジックアワー》の映像が美しい、百年前の映画。

僕は先生を名残惜しく見つめる。だけど、その姿は否応なく中学生の知ルで、この時間は彼女がくれたただの魔法でしかないことを僕に言い聞かせた。

「この後、君と知ルはある場所に向かう」

先生は最後に僕の目を見て言った。僕の中にはもう迷いは無かった。知ルについて行く。

それが僕の知りたいことに繋がる道だと知っている。

けれど。先生が消える前に最後に呟いた一言。

これから僕達が向かわなければいけないという場所は。

僕の簡単な決意を嘲笑うような、僕と知ルが今この世界で一番近寄ってはならない、考え得る限りで最悪の場所だった。

「京都御所だ」

5

ブリーフィングルームは数十人の男で埋められている。

僕は天井から室内を捉えるカメラの映像を見ている。追加で開いた二つのウィンドウに別角度からの映像が映し出された。そちらは光学カメラのものではなく情報材の取得情報をＣＧ補正したものだ。

精悍な男達は、皆一様に消炭色の制服に身を包んでいた。映像と共に抜き出された彼らの所属名が隣のウィンドウに表示される。

情報庁機密情報課・特科対情報外戦部隊。

前方の登壇席に隊のリーダーと思しき人物が登った。隊長が片手でジェスチャする。僕の啓示視界にブリーフィングルームで流れていると思われる映像が開いた。現れた画像は、知ルの顔写真だった。

「目的は対象の脳に埋め込まれた電子葉の確保・回収。可能なら対象の身柄を拘束する。不可能なら電子葉の回収を優先。銃火器の使用も作戦範囲内に限り許可された。使用の際は足を狙う。電子葉の保持を最優先とする」

さらに啓示視界に地図が開く。縦長の見取り図。

「作戦範囲は京都御苑全域」

隊長のジェスチャに合わせて御苑の見取り図にポインタが走る。木に囲まれた縦長の敷地。七〇〇×一三〇〇メートルの京都御苑の中に、一回り小さな塀で区切られた二五〇×四五〇メートルの京都御所がある。

「対象は本日京都御所を訪れる旨を宮内庁宛のメールで予告している。時刻は九時間後の二一〇〇《フタヒトマルマル》時。指定時刻の三時間前から御苑全域を封鎖し、一般人の立ち入りを禁ずる。対象のみ通過させ、確保は御苑の中、銃器の使用も想定して公園中央部付近まで誘導して行う。一般公道での接触は避ける。昨晩機密課のクラス＊《アスタリスク》が一蹴された。ネットワーク下の電子戦では勝ち目がない。作戦行動は御苑の中のみに限定する」

知っての通り、と前置いてから、隊長は見取り図全体をポインタでくるりと囲んだ。

「京都御所とそれを取り囲む京都御苑は宮内庁の管理下にあり、情報庁とは軋轢がある。宮内庁は御所の情報材化を一切拒んでおり、さらに御苑の敷地内には電磁遮断網が張り巡らされている。このため御苑内ではあらゆる通信機器が使用不能になる。今回ばかりはそれがこちらの有利に働いたと言える。敷地内では対象の電子葉もネットワークから隔絶される。基本的に電子戦は考慮不要。その上で万全を期すために、御苑内への配備は第一特隊、無電子葉の人員のみとする。後は物理的に鎮圧すれば問題無い。

留意すべき点は御所への侵入だけだ。門は全て閉じているが、何らかの方法で中に入られると宮内庁の重要指定管轄域になるので手続きを踏まない限り手が出せなくなる。作戦は対象が御苑に入ってから御所に到達するまでの間、公園部分だけで完了させること。何か質問は」

映像が停止する。

数時間前に録画された映像。情報庁機密情報課・特科対情報外戦部隊のブリーフィングを盗撮した動画のウィンドウが閉じ、視界に現実のホテルのロビーが広がった。

目の前には、おろしたてのドレスで着飾った知ルが座っている。

「そんな状況だそうです」

同じく買ったばかりのタキシードを着た僕は両手で顔を覆う。

「御苑に足を踏み入れたが最後、君のハッキングも偽装も、クラス9の能力は全て使えないということ……」

「そうです」

知ルはカーディガンを肩にかけて立ち上がる。花のようなスカートのフリルが揺れる。

鮮やかにドレスアップした少女は僕に向けて上品に微笑むと。

「行きましょうか」

まるでパーティーにでも行くような軽やかさでそう言った。

6

夜の四辻に、車のライトが流れていく。

角のファーストフードでは大学生が騒がしく注文をしていた。

別の角のホテルから、これから夜の名所を回ろうという観光客が笑いながら出て行った。

また別の角ではファミリーレストランが煌々とした明かりを街に振りまいていた。

そして最後の角で。

暗い森が、重苦しい沈黙を保っている。

烏丸丸太町の交差点でタクシーを降りる。降りた瞬間その一角の空気の違いが伝わった。

等間隔で並ぶ警官と、それと同じ数の超音波《エコー》ポール。三メートルの高さに伸びたそれは間を通過するものを見逃さない。路上には違法駐車のパトカーが何台も停まり、我々は今法律外の行動中ですと喧伝している。

京都御苑には明白な厳戒態勢が敷かれていた。これから国賓でも来るのかと思うような物々しい警備。一般人を不安がらせないなどという配慮は欠片も感じられない。

「これでも配慮はしているようですよ」

一緒にタクシーを降りた知ルが、僕の心を読んで言う。

「実際に私達を捕まえるのはもっと重装備の部隊のはずです。人払いに一般の警官を使っているのは対外的な配慮からでしょう」

着飾った中学生はなんの慰めにもならない話を教えてくれた。知ルは僕の腕を取って歩き出す。

僕らは厳戒の丸太町通を進んでいく。数十人に及ぶ警官達は、僕らに一切注意を向ける様子がない。

「どう見えているの」

僕が耳打ちすると、啓示視界に路上の監視カメラの映像が映し出された。歩いている二人の人間は、特に着飾りもしていない壮年の夫婦だった。ここはまだ御苑の外。情報材のネットワークが支配する知ルの領域。

一〇〇メートルを移動して、僕らは京都御苑の入り口・間ノ町口に辿り着く。入口付近には一際多くの警官が配備されている。普段は開放されている公園の入り口が、超音波ポールと『DO NOT CROSS』のホログラフテープで閉鎖されていた。

知ルは僕の腕を引いたまま、ホロテープの前で立ち止まった。その場の警官の注意がこちらに向く。うちの一人が寄ってきた。

「すみません。本日は入苑できません」警官は事務的に言った。知ルは呟く。

「顔パスで」

「は？」

僕の啓示視界に映っていた監視カメラの映像が変化する。ウィンドウの中の壮年夫婦が、一瞬で着飾った二人に変わった。

「あ」

声をかけてきた警官は呆然とし、二歩三歩と後ずさる。その場の全員に緊張が走る。僕はその緊張感に当てられて一瞬戻りかけた胃液を飲み込んだ。知ルは何の衒いも策もなく、正面入り口から普通に入苑するつもりのようだった。

フッ、とホロテープが消える。二本の超音波ポールがイン、イン、と高い音を立ててから沈黙する。路上の警官は通信機に喚き立てている。

「失礼」

そう言って知ルは僕の腕を軽く押した。エスコートしろと言っている。この場の全ての警官から犯罪者と認識されている僕は、精一杯のポーカーフェイスを作りながら京都御苑の敷地内に足を踏み入れた。

そのまま入り口の白い石畳を超えたところで、明確に気付く。

「電子葉が……」

「もう使えませんね」

僕は反射的にいくつかの操作を試みた。啓示視界や啓示聴覚が完全に使えないというわけではない。保存データの投影など、オフラインで可能な機能は今も使える。しかし通信を使用する行為は一切使えなくなっていた。パブリックレイヤも使えない。視界の隅では〈オフライン〉の強い警告表示が出ていた。電子葉がまともに機能しないオフライン状態とは、日常生活に支障をきたす重篤事態と認識されている。

「クラス9でも駄目なのか」

「物理的な妨害です。処理能力は関係ありません」

知ルが平然と答える。たった今ただの中学生に成り下がってしまった彼女の表情には何の不安も見られなかった。後ろで足音がした。振り返ると今入ってきた入り口の警官達がそぞろ並び、入り口を完全に固めてしまっている。もうそこから逃げることはできない。退路を断たれた僕らは御苑の中へと歩き出した。

砂利の敷かれた道を、音を鳴らしながら踏み進む。

無人の夜の公園。高い木々に囲まれた京都御苑の中はどこまでも暗い。九条池に沿って丸く回る道を進み、入り口がもう見えなくなった辺りで、僕は本能的に足を止めた。

目の慣れない視界に飛び込んできたのは、本物の〝兵隊〟だった。

公園の道の両側に、外の警官よりも明らかに重武装の警備兵が一定の距離を取って並んでいる。暗色のスーツ。頑丈そうなアームガードとブーツ。分厚い防弾ベスト。ヘルメットとバイザーとマスクで完全に顔を覆っている。映画で見る特殊部隊のような重装備の隊員たち。その彼らの手には平然と、何十人でも殺せそうなサブマシンガンが携えられていた。

僕はここに来る前に知ルが見せてくれた部隊の名前を思い出す。特科対情報外戦部隊。情報外戦。つまり彼らは情報庁に所属する、情報戦以外の交戦を担当する部隊。

電子葉が義務化された現代で、電子葉を付けていない人員を確保していることからも彼らが治外法権的な特殊部隊であることはよく判る。僕はブリーフィングの映像を見た時にそれを理解していたはずだった。銃器を使用するという話も聞いていた。だけれど実物を前にして、僕の全身は拒絶反応を止められなかった。銃を持った人間達。人を殺すものを装備した人達。それらが全て、僕ら二人のために用意されているという事実。

銃口はまだこちらには向けられていない。しかし道の脇に並んだ彼らからは無言の圧力が伝わる。このまま真っ直ぐに進めという隊列の誘導。余計な動きをすれば穴だらけという言外の言葉がはっきりと聞こえていた。

その中で、僕の腕にも兵隊の意思と全く同じ感触があった。知ルの手もまた、先に行きましょうと言っている。僕は捨鉢な気分で砂利を踏みしめた。開き直らなければ頭がどうにかなりそうだった。

兵隊の壁の誘導のままに進んでいく。

道がだんだん広くなり、森が開けてくる。

僕らが導かれたのは京都御苑のメインストリート。京都御所へと真っ直ぐに伸びる、建礼門前大通りだった。

綺麗な砂利が敷き詰められた道の真ん中で、どこまでも開けた夜空と通りを見遣る。幅は四〇メートルほど、長さは四、五〇〇メートルはありそうな広大な一本道。両側の芝生には松が並び、日本の代表のような風景が広がる。その道の向こうには雄大な京都御所の門を望むことができた。

だけれど道の途中に、長く京都に住んでいる僕が一度も見たことのない壁があった。大通りの半ばで一列に人が並ぶ。道の両脇を等間隔で固める兵と同じ格好の、特殊部隊の隊員が通りを封鎖している。

そこにできていたのは兵隊で作られた壁。

それはつまり、僕らを捕まえるために用意された袋小路だった。

僕は縋るように隣の女の子を見る。

「どう、する気なんだ」

知ルは組んでいない方の手を水平に上げた。彼女は道の果てに佇む御所の門を指さす。

「建礼門から御所の中に入ります。私達があの中に入ってしまえば、情報庁はもう手出しできませんから」

「だからいったいどうやって……。門は閉じているし、第一この警備をどう抜ける気なんだ」

「門は開きます。私達は真っ直ぐに行きましょう」

そう言って知ルは僕を促した。

僕は観念する。頭を自分から麻痺させて、彼女の指示のままに歩き出す。電子葉が使えないのが幸いだった。世界の情報が入らないことで今の自分の状況の異常さと正面から向き合わずに済んでいる。タキシードとドレスを着込み、京都御所の大通りを、武装した特殊部隊の中心に向かっていくこの異常さに。

砂利を踏みしめて、二〇〇メートルほど進み。

僕たちは袋小路の中心まで来て立ち止まった。

前方に並ぶ四十人以上の隊員。左右両側にもそれぞれ三十人はいるだろう。そしてここまでの道を守っていた隊員が集まって、僕らの後方を塞ぎつつあった。フレキシブルに動く隊員が人間の籠を作っていく。

その籠の前方中央に立つ、肩章を付けた一人が前に出た。バイザーとマスクで完全に塞がれた顔からマイクを通したような声が漏れだす。

「道終・知ルと、御野・連レルで間違いないな」

答えていいのかわからず棒立ちになってしまう。代わりに知ルが「そうです」と簡単に答えた。

「随分とおめでたい格好だ」隊のリーダーと思しき男は言う。「情報庁のクラス5に、違法の電子葉を積んだ凄腕のハッカーだそうだが。残念ながらこの場所ではそれも意味が無い。大人しく投降してもらう。従うなら身の安全は保証しよう」

「嘘ですね」

知ルは平然と返した。

「貴方達の任務内容については把握しています。私の電子葉に関する情報に関わった人間は処分する予定になっているはずです。投降しても殺されるだけでしょう」

「……ハッカーというのも考えものだな」男はやれやれとヘルメットの頭を振る。「知らなくても良いことまで知ってしまう。知っていたなら何故のこのこ出向いてきた。自殺願望でもあるのかね」

「京都御所に来なければならなかったからです」

「君達はここで拘束される。御所には行けない」

「いいえ」

知ルは、優しく微笑みかけた。

「貴方の任務は失敗します。山副《やまぞえ》・抗ウ《アラガ》さん」

知ルの言葉に男は押し黙った。

名前？　今のは、この隊員の名前なのか？　しかしここは通信不能の領域だ。一体どうやって。

「二股《ふたまた》・捉エ《トラ》」

知ルがまた別の名を呼ぶ。

「法規《ほうき》・飾ル《カザ》、長砂《ながすな》・繋グ《ツナ》、八隅《やすみ》・射ル《イ》、森津《もりつ》・休ム《ヤス》、井辻《いつじ》・備エ《ソナ》、桐村《きりむら》・回ル《マワ》」

空気が張った。知ルが知らない名前を一つ呼び上げる度に、場に恐怖にも似た緊張が走る。

「隊長、まさか」列の隊員の一人が不安まじりの声で言う。「こいつ、ネットワークに接続できているんじゃ」

「狼狽《うろた》えるな」山副と呼ばれた男は重い声色で場を制する。「動揺を誘っているだけだ。事前に配備された隊員の情報を引き出してきているに過ぎん。御苑の電磁遮断網を超える機器など有り得ない」

「その通りです」知ルは再び簡単に答える。「私は今ネットワークに接続できていませんし、貴方がたの情報についても事前に調べてきただけです」

「認めるのか」

「認めます。ですが私は、多分貴方がたが想像しているよりも」

知ルはにこりと微笑んだ。

「貴方がたのことを、よく知っていますよ」

そういうと彼女は、ドレスの胸元に手を差し込む。

「動くな」

隊長の重い命令が知ルに飛ぶ。しかし彼女は意に介さずに小さな機器を取り出した。イヤフォンのついたそれは、昼間に買った骨董品のミュージックプレイヤーだった。

「パブリックサウンドが使えませんから」

知ルはイヤフォンの片側を、手を伸ばして僕の耳に挿した。そしてもう片側を自分の耳に着ける。

「確保準備」

隊長が片手で指示を出す。前方に居た十数人が前に出た。銃器の代わりに盾を携えた数名と、間を埋める徒手の兵隊が腰を落として構える。それはさながら暴徒を鎮圧する機動隊のようだった。

だが知ルはそれにも全く興味が無いふうに、平然とミュージックプレイヤーのスイッチを入れて。

右手を上げた。

僕はその仕草を知っている。その動きの意味を知っている。それは今日の昼間に見たばかりの。

導かれるままに彼女の手を取る。彼女の体に手を回した。それはこの何処までも非常識な空間の中で、間違いなく一番非常識な行為に他ならなかった。

片耳のイヤフォンから、静かな曲が流れ出す。

知ルは耳元で囁いた。

「踊りましょう」

そうして彼女は、僕を踊らせ始めた。

緩やかに足を運び、手を引き、僕を導く。スローなステップがダンスフロアでも何でもない玉砂利を踏む。知ルは少し高いヒールで砂利の上を踊る。取り囲む隊員達が呆然と見守る中、彼女は曲を小さく口ずさみながらくるくると回った。それは隊員達だけでなく、踊っている僕本人すら置いていかれてしまうような、あまりにも現実離れした状況だった。

「茶番だ」隊長は憮然と言い放ち、そして叫んだ。「確保！」

前方に出ていた十数人の隊員が動き出す。彼らは踊る僕らを取り囲みじりじりと間合いを詰める。何人かが目配せをし、そして僕らに飛びかかった。

だが知ルは踊ったままでそれをひらりと交わした。飛びかかってきた人と人の間を綺麗にすり抜ける。すかされた隊員はつんのめって通り過ぎた。

知ルはその場でくるりと回ってみせる。

隊員が再び集まる。今度十数人全員がほとんど隙間なく僕らを囲み、そして一斉に摑みかかってきた。しかし誰も摑めなかった。知ルは僕を踊らせながら、そのほとんど無い隙間をするりと抜けてみせた。

「何をやっている」

隊長の苦々しい声が飛ぶ。隊員達はさらに二度、三度と確保に挑むが、その中の誰一人、指一本として僕らに触れることができずにいる。知ルは楽しそうに踊っている。ステップは乱れない。兵隊をかわすというよりも、まるで相手の方が自然とかわしてくれているように、踊る足取りは一切乱れることがない。

「もういい。一班戻れ！　二、三、四、五班、構えろ。発砲許可だ」

隊員が素早く動き出した。襲いかかってきた十数人が戻ると、その場の全員がマスゲームのように展開していく。十名ほどの塊が互い違いに並び、お互い撃ち合わないように決められた間隔で配置した。隊長が手を挙げると同時に一グループの五人が照準器を覗く。

「頭には当てるな」

隊長が手で合図を出すと同時に、引き金は引かれた。サプレッサーの籠った発射音が響き、地面の砂利が音を立てて巻き上がった。

だが僕らには当たっていなかった。

再びの射撃音、石の弾ける音。弾は地面だけを撃ってその場に散らばる。

「どうした、当てろ」

「いえ……」

撃った隊員は自分のマシンガンを確認した。そして数人で再び引き金を引く。弾は同じように踊る僕らの足元だけを弾く。

「倍で撃て！　二班と四班！」

統率の取れた動きで指示がすぐさま実行される。二倍になったサブマシンガンの弾が一斉に放たれ、けたたましい音を立てて砂利が噴き上がる。何発かが知ルのスカートに穴を開け、僕のズボンを掠めた。布地の細かい破片が飛び散る。だけれど僕らの体にはほんの一発すらも当たらなかった。

何かが起きていることに、もう場の全員が気付いていた。

指示が繰り返される。機銃掃射の人数が増す。しかしいくら撃っても弾は当たらない。知ルのスカートが下から徐々に弾け飛び、破片が花吹雪のように散りながら短くなっていく。もはや発砲に加減など無い。五十人以上が僕らに向けて引き金を引いている。既に何百発、何千発という弾が飛んだ。だがたった一発が当たらない。ありありとした困惑が場を支配する。そんな空気の中を知ルは、ただただ楽しそうに舞い続ける。

今、この場で何が起きているのかを理解していたのは。

耳元で知ルの囁きを聞いた僕だけだった。

「ネットワークで取得できるのは無数の情報の一部に過ぎません」

フリルのスカートが翻り、花が咲くように拡がる。

「情報量が十分ならそれでいいんです。私はここに来る前に必要なだけの情報を集めてきました。場所、気象条件、部隊、作戦、配置、装備、それぞれの個人情報、技術、コンディション、経歴、生い立ち、彼らの全て、この場の全て、私達を取り囲むものの全ての情報」

飛んできた弾が足の寸前を掠める。弾の風圧が皮膚を撫でる。

「それだけ揃えば十分予測できます。この場で何が起こるのか。彼らが何をするのか。彼らが弾を何万発打つのか。彼らの弾がどこをどう飛ぶのか」

ダンスは止まらない。

彼女のリードで足が自然に動いていく。

一つの引っかかりもなく、一つの凹凸もなく。

滑らかに。真空のように滑らかに。

「私は想像しただけなんです。

『あの人はきっとこう撃つだろう』

『あの人はそんなふうに撃たない』

『あの弾はきっとこう飛ぶだろう』

『あの弾はそんなふうに飛ばない』

間違いないだろうなと思えるくらい、確信を持てるくらいにまで情報を集めて、想像しただけなんです」

機銃が鳴り続けている。弾が飛び交い続けている。人を殺す力が交錯しているはずの戦場は。

まるで演出された舞踏室《ボールルーム》のようだった。

「知っているならば、あとは当たらなければいい」

知ルは妖艶に微笑んだ。

「魔法でも、偶然でもありません。要素が揃っていて、時間をかければ、誰にでもできる処理なんです」

そう言って彼女はステップするヒールの先で、玉砂利の一粒に乗った。

さっきから彼女はずっとこうやって踊っていた。細いヒールを砂利の間に埋めることなく、一粒の石の真芯をヒールで捉えて上に乗る。無数の石の中から沈まない石を選び出し、その石が動かない重心の中央を細いヒールの真ん中で踏み抜く。平らなフロアの上を滑るように砂利の上を平然と歩いていく。

計算尽く。

僕は思い知る。クラス9という存在をどこまでも過小評価していたことを。弾道計算や軌道計算の遥か先。人間と世界を処理し切る所業。本物の未来予知と見紛うような究極の計算予測。

想像を超えた想像力。

彼女はこの京都御苑に入る前に、この戦闘のことを全て考え終えていたのだ。

カチリ、と音が聞こえた。隊員の一人がガチガチと引き金を繰り返し引く。弾切れだった。当然それも。

「ふふ」知ルは知っていた。「パーティーも終わりですね」

知ルの足《ステップ》が御苑の玉砂利《フロア》を流れ出す。

まだ続く掃射の間を、僕らは組んだままで滑り、回り、踊った。知ルの鮮やかなステップは飛び交う弾を従えて、粉々になる砂利を曳きながら、煙と音の軌跡を連れて御所の門へと向かっていく。

穴だらけのドレスがターンの度に吹雪を散らす。

その燃え滓の一粒一粒が、決まった場所に落ちていく。

それは知ルが付けた、今晩限りの振り付け《ルーティン》だった。

一人、また一人と弾が切れる。煙の航跡が少しずつ薄くなり、音の尾が段々と細くなる。

弾倉を入れ替えている間に僕らは前へ進んでしまう。知ルの足運び一つで隊の列は乱れ、銃口が味方に向かうと隊列はさらに乱れる。そうして作った間隙をまるで花道のように通り抜ける。

隊の籠を抜けた後、正対する相手のいなくなった部隊は補充した弾を目一杯に斉射してきた。だけれどもう彼らは特殊部隊の機能を失っていた。踊りながら一瞬後ろを見遣る。追い縋って発砲する隊員達は最早兵隊には見えなかった。今の彼らはまるで、知ルを追いかけるファンのようだった。

銃を乱射する熱烈なファンの群れを従えて、僕と知ルはゴールへと向かっていく。回る視界の中に閉じられた門が見えた。それは御所の一般参観時ですら開くことのない門。天皇や国家元首級の人間しか通ることを許されない、御所で最も格式高い門。京都御所・建礼門。

「行き止まりだ！　門の前に追い詰めろ！」

隊長の怒声が響く。長い塀のへこんだ部分で不開の門が聳えている。その袋小路に追い込まれ百人に囲まれてしまえば、もう脱出の術はないだろう。

けれど知ルと一緒に踊っていた僕には、彼女の見ている世界が少しだけ伝わっていた。通信ができなくても、啓示視界も啓示聴覚も使えなくても、手と体と顔と気配から彼女の見ているものが伝わってくる。

わかる。

あの門は開く。

木の鳴る音が夜の空に響いた。門を外された門扉がゆっくりと開き、中から平安装束のような格好をした男が現れる。僕は小さい頃から鴨川の葵祭で何度も見ていた。近衛使だとか内蔵使だとか呼ばれる、昔の宮廷に仕えた人間の服装だった。

現れた男が門の前の木柵を粛々と片付けた。僕らの前に道が開く。後ろから撃つな、という声が聞こえた。宮内庁の管轄域。もし弾が飛び込めばそれだけで重大な問題となる。

僕らは踊りながら開いた場所へ流れ込んだ。柵の内側に入った後、知ルは僕から離れて、美しく回ってスカートを広げた。

回転がゆるやかになり、最後はエレガントに止まってお辞儀をする。

知ルの前に立つ平安装束の男は、深々と頭を下げていた。

「なぜ開けた！」後ろから怒号が飛んだ。門の前で中に入れない部隊全員が留まっている。

「宮内庁の職員が情報犯罪者を匿うのか！」

平安装束の男が頭を上げる。

眼鏡をかけた壮年の男性は、静かな口調で答えた。

「私の人生は、今日のためにありましたから」

7

夜の冷たい空気が湖水のように深沈と張っている。

御所の中は静まり返っている。一〇〇メートルもない場所でさっきまで銃撃が行われていたのが嘘のようだった。御苑の外の街の喧騒もここにはほとんど届かない。僕と知ルは、懐中電灯を持って先を歩く中に入れてくれた装束の男性は御厨《みくりや》と言った。

御厨さんの案内に付いて行く。

「時間通りでしたな」

御厨さんが振り返って言う。知ルは普通の子供のように、にこりと笑って答えた。

「あの……いくつかお伺いしても？」僕は御厨さんの背中に聞く。

「ええ。なんなりと」

「貴方は、宮内庁の職員ですよね」

「式部官長というのをやっております。式部職というのは皇室の儀式や外務を執り行う職なんですが、京都付の私は少し特別でしてね。この御所周りに伝わる古い儀礼や仕来りを扱う仕事になります」

「詳しい仕事の内容は存じ上げませんが……ですが宮内庁の公務員なのは間違いない。その貴方がどうして情報庁から追われている僕達を匿うようなことを……」

「処罰は免れないでしょうな。逃走幇助で捕まるかもしれません」

「ならなぜ」

「なかなか説明の難しい話ですが……」

御厨さんは歩きながら考えている。御所の中の一際荘厳な建物の横を通り過ぎた。高床の巨大な宮殿建築は四、五階建てのビルほどの高さがあった。

「人間の心は天秤ですから」御厨さんが答えた。「大事な物を二つ載せて、片方が重ければそちらを選ぶしかありませんな」

「……警察に捕まることよりも大事なことがあったと？」

「私はこのお嬢さんに連絡をいただいた。今日の九時にここにいらっしゃると。その連絡を見た時にね、なんとなく、解ってしまったんですよ。私が宮内庁の職員になったのも、式部職になったのもみんな、今日いらっしゃるこのお嬢さんを案内するためだったのだなあと」

説明が下手ですみませんが、と御厨さんは言った。それは何の論拠もない話で、別な時に聞いたら間違いなく一笑に付しただろうと思う。だけれど僕はついさっき、閉じられた建礼門が開くことを確信してしまっていた。それは彼の話と全く同じ、何の論拠もない確信だった。

僕らが連れていかれたのは、御所の中で一番大きな宮殿だった。電子葉がまだ使えないので正確には解らないが、大体御所の中心ぐらいの場所だと推測した。

「御常御殿と申しまして、天皇の住まいとして使用されてきた建物です」

御厨さんは靴を脱ぐと、高床の階段を宮殿へと上がった。僕と知ルもそれに続く。

木床の暗い回廊を案内されていく。

壮大な建物だった。高い天井と畳敷きの広大な広間。その奥には闇の中でも強さを放つ金色の襖絵が広がっている。知ルはその襖絵を興味深そうに眺めながら歩いて行く。それ自体は修学旅行の光景に見えなくもないかもしれない。今が夜でなくて、服が穴だらけのドレスでさえなければ。

御厨さんは僕らを奥の一室に通した。

そこは奥に細長い部屋だった。細いと言っても畳で横三畳分の幅があり、部屋の奥までには十八枚が続く。五十四畳敷の広大な空間が、十八畳毎の小さな段差で奥に向かって上がっている。部屋の最奥には、少し小さめの両開きの扉が備えられていた。

「手前から下段の間、中段の間、上段の間。奥の扉の向こうが剣璽《けんじ》の間と言います」御厨さんが説明する。「三種の神器のうちの二つを安置する部屋です。天叢雲剣《あめのむらくものつるぎ》と八尺瓊《やさかにの》勾玉《まがたま》を収めるために作られています」

「三種の神器ってあの有名な？　ここにあるんですか？」

「形代は現在皇居の方にあります。こちらにはありません」

僕らは部屋に入り、そのまま一番奥へと進んで扉の前に来る。黒漆の太い木枠に金の襖絵。引き手には房の付いた紐が下がっている。懐中電灯の光に照らされて襖絵が見えた。金の雲の手前に二羽の鳥が描かれていた。御厨さんが扉を引くと、引き戸が左右に滑って内側が明らかになる。すでに聞いた通り、そこには剣も勾玉も無かった。

御厨さんは扉の中に入っていった。続いて僕らを促す。頭を屈めて行き止まりの部屋に入る。彼は中で、左側の壁面の何かを動かしている。待っているとその壁が横にずれた。

現れたのは地下に降りていく階段だった。

8

ぎし、ぎし、と木板が鳴る。折り返して更に下へと階段は続く。地下一階や二階ではない。かなり深いところへと続いている。

「この先には〝保管庫〟があります」

「保管庫？」

「その名の通り、宮家の物を保管するための倉庫です。古くから皇室に伝わるものは全てこちらに保管されていますよ。三種の神器もありますよ」

「え？　でも、さきほどは皇居にあると……」

「勿論そちらも歴史ある遺物には間違いないんですが。年代的にはこちらにある物の方が古い。言うなれば〝本物〟です。まさか神様が実際に使った刀とは言いませんが。他にも古代日本に関する多くの貴重な資料が保管されています。歴史書ならば、古事記や日本書紀よりも数百年は古いものも」

僕は驚く。簡単に説明されてしまったが、古事記より前の史書となれば学術的には教科書を書き換えるような大発見だ。しかしそんなものは存在すら聞いたことがない。つまりここで秘密裏に保管し続けていたということになる。

「ずっとここに隠し続けているんですか？　公表せずに？」

「そうです。学者の方からは非難される行為なのかもしれませんが、保管庫は思想そのものが違うのです。保管庫の思想とは〝現物を、変化なく残すこと〟です。古事記の冒頭にも記されていますが、記録という行為には必ず誤りが生まれます。複製からも再編からもエラーを取り除くことはできません。最初に作られたものを、最初の形のまま残す。守るために外部との接触を断つ。それが保管庫の思想なのです。奇妙に思われるかもしれませんが、保管し続けた遺物の運用は考えないのです。だからこそ二千年の時を超えて残り続ける」

御厨さんが階段を下りながら手すりを撫でる。

「古い時代、保管庫は単純に地下の奥深くに作られただけでした。近代に入ってからは学術的な立ち入り調査の拒絶、情報材化の反対、通信妨害設備の設置などを行い、御所の最奥である保管庫の情報が一切漏れ出さぬよう対処しています。御所と御苑の敷地が広いのには、情報の流出を防ぐために物理的な距離を稼ぐという意味もあるのです。御所全体が情報的封じ込め《Informational containment》のための施設と言えるでしょう」

御厨さんは踊り場の壁に、京都御所そのものに触れた。

「京都御所とは、情報のP4施設、I4施設なのです」

石で出来た入口をくぐり、御厨さんが奥の木戸を開く。

暗い室内に入る。御厨さんが腰からバッテリー式の小型ランタンを外して床に置いた。スイッチを入れると灯りが部屋の内側を照らした。二十畳ほどの面積の石造りの部屋。天井は低めで中はそれほど広い印象はない。壁面には木製の棚が揃えられ、そこに木箱が整然と並べられていた。振り返ると今入ってきた入口の裏に石造りの鳥居が立っていた。

「こちらが所蔵物の一覧です」

彼は知ルに書類を渡した。配置図のようなものが見える。棚のどこに何が置いてあるのかをまとめた紙らしい。

「ありがとう」

知ルは満足気にそれを受け取る。御厨さんも仕事を終えたように息を吐いた。

「それでは私は上に戻ります。閲覧が終わったら上がってきてください。また後ほど……」

「あの」僕は戻ろうとする御厨さんに声をかける。

「何か？」

「その……僕は元々情報庁の職員です。情報庁ならば明日の朝には手続きを終えて、御所の中に職員や警察を派遣してくると思います」

だから、と言いかけて僕の言葉は止まる。

言いながら僕も気付いていた。情報庁が朝に踏み込んでくるのを知っていたところで何もできないことを。今頃御所の周りの出入口は、先程くぐり抜けた特科部隊が囲んでしまっているだろう。中に入れなくても閉じ込めてしまえば同じだ。僕らの逃走を助けた彼が御所から逃げる術はもうない。

そしてそれは即ち、僕らもまた御所の外には逃げられないことを意味していた。

「気をつけます」

御厨さんは言葉を失くした僕にそう言って微笑んだ。それは諦めたような、達観したような、全てが済んだ後の安らかな顔だった。彼は鳥居をくぐって部屋から出て行く。

くっと袖が引かれた。

「探すのを手伝ってください」

知ルは所蔵物一覧を眺めながら言った。目が紙の文字を忙しなく追う。彼女の目は部屋の中のどれを見ようかを心底楽しそうに吟味しており、間違ってもどう逃げるかを算段しているようには見えなかった。僕は御厨さんとは違う意味で、諦めの溜息を吐く。

「ここに何を見に来たんだ？」

「いろいろと知りたいことはありますが……」知ルはリストから目を離さずに答える。

「まず古代史書が見たいです。ここには遥か昔の歴史を、最も経時変化の少ない最初の状態で書き記したものがあるはずです」

「日本の古代というと、どの辺り……」

「初代天皇、神武東征より前の話ですね」

僕は脳で記憶を探った。電子葉が使えないので自前の記憶に頼るしかないが、思い出しながらふと引っかかる。神武天皇というのは。

「神話の人物じゃないか」

「そうですね。一二七歳まで生きたとされています」

「つまり君は、日本の神話の文献を調べにきたのか？」

知ルは頷くと、棚に並んだ箱の側面に書かれた文字を指でたどり始める。

「古い文献が読みたいんです。古事記や日本書紀に再編されて歪められる前。出来事が起きた直後に、最も事実に近い状態で記された神話時代の記述が見たい。特に知りたい部分があります。一緒に探してください。神武天皇の七代先祖の記述、神世七代の最後の一対。イザナギとイザナミの物語」

それは僕でも知っている有名な神様の名前だった。脳の記憶を掘り起こす。僅かに思い出せたのは、火の神を産んで亡くなった妻のイザナミに会うために、イザナギが黄泉の国に向かうという悲しい物語だった。

「イザナギとイザナミの〝イザナ〟は〝誘う〟の変化です。二神とも、我々人間を誘う神なのです。先へ」

「先？」

知ルは僕の聞き返しに答えず続ける。

「またイザナミの別名は道敷大神《ちしきのおおかみ》と言います。〝みちしき〟の変化だとされていますが、音からは〝知識〟の変化とも捉えられます。ちなみに道敷大神とは、黄泉平坂でイザナギを追いかけたことからきた呼び名で」

知ルは棚の箱に手をかけながら呟いた。

「〝追いついた神〟という意味です」

9

長大な階段を登り切る。

剣璽の間は入った時と変わっていない。引き戸の帳をくぐると、部屋の障子越しに外の薄明が感じられた。啓示視界の時計が午前五時を浮かべて消える。

一晩かけて、知ルは〝保管庫〟の所蔵物を読み漁った。所蔵物の多くは木札を紐で括った古代の木簡だった。長い年月を超えて変色した木に、消えかかった字の文章が綴られた書物。僕にはほとんど読めなかったけれど、知ルには問題なく読めているようだった。部屋に入ってから約八時間、彼女は延々とそれらを読み続け、先ほどついに満足したので僕らはようやく地下から帰還した。

「何か解ったのか？」

知ルは「神は物知りですね」と答えた。全知全能とまで称される神が物知りだということは、死ぬ思いをして極秘の地下書庫に入らなくても誰もが知っていることのように思えた。

御常御殿の廊下に出ると御厨さんが待っていた。知ルが「ありがとう」とお礼を言うと、御厨さんは深々と頭を下げた。

僕は東の空を見上げた。紺色の夜空に、僅かな橙色が広がり始めている。

「問題はここからか」

深く息を吐く。電子葉の通信が使えないので周辺情報は取得できないが、御所の周りは間違いなく昨晩の部隊と警察に取り囲まれているはずだ。外に出れば捕まってしまうし、かと言ってこのまま待っていても数時間後には手続きを終えた警察が御所の中に入ってくる。現状は控えめに考えても絶望的だった。

「どうやってここから逃げる気なんだ」

眉間に皺を寄せて知ルに聞く。

知ルはいつものように平然とした顔で、真上を指差した。

僕はつられて馬鹿みたいに空を見上げる。

御所の静謐な空気が、僅かに揺れた。

音だった。東の空から小さな音がする。次第にはっきりしてくる音と共に、白む空に小さな影が浮かんだ。影はどんどん大きくなり、バタバタという音は大音響となり、振動はとうとう強風となって、御所の庭に大型のヘリが降り立つ。白とグレーに塗り分けられたヘリは、自衛隊や警察などの公的機関の物ではないようだった。

ドアが開く。スーツ姿の男と護衛と思しきヘルメットの二人が降りてくる。スーツの男は僕と知ルを見つけて寄ってきた。ローターの強風と爆音の中で、男は僕らに大声で告げる。

「危害は加えません！　貴方がたの敵ではありません！」

男は電子葉で自己紹介出来ない代わりに、薄型のコンソールを差し出して自分の身分を明かした。

僕らを迎えに来たのは。

僕らをずっと追い続けていた、アルコーン社のヘリだった。

IV. aged

1

真新しいカンファレンスルームに、僕は一人座っている。

片側の壁全面の巨大なガラスは青一色に染まっていた。会議室はかなりの上階にあるようで、そこから水平に見渡す視界には空しか映らなかった。この高さの建物は京都に一つしかない。

京都ピラア。アルコーン社の所有する大規模通信塔。

僕は試しに電子葉のベンチマークテストを走らせてみる。通信速度は情報庁の庁舎で測定した時と比べて一八〇％のパフォーマンスを示している。

シュン、と自動ドアが開いた。
「京都最高の通信環境はいかが？」
部屋に入ってきた女性は英語で僕に話しかけた。研究者が着る丈の短い白衣《ホワイト》ジャケット
の女性は一度面識のある人物だった。彼女のパーソナルタグが開いてそれを証明する。
「情報庁ではこの半分しか出ません」僕は英語で答える。「職場環境はアルコーンの方が
素晴らしいようですね。ミス・ブラン」
「貴方なら我が社も大歓迎ですよ、クラス5」
ミア・ブランは微笑んで答えた。
数日前、アルコーンCEO有主照・問ウと共に情報庁を訪れた女性研究者。アルコーン
中央技術研究所主任研究員。ミア・ブラン。
「日本国内で百人にも満たないクラス5。アルコーンとしても大変魅力的な人材だわ」
「ですがもし転職したら、職業階級であるクラス5は剝奪ですよ」
「クラス自体は重要ではないですね、御野さん。会社が評価するのはそこに到達できた貴
方の脳です」
彼女は明敏さを感じさせる目を見せた。僕は啓示視界に表示されたプロフィールに目を
通す。彼女の執筆したいくつかの論文が参照度の多い順に表示されている。
「専門は……脳科学？」

「大学にいた頃は。こっちの研究所に来てからはジェネラリストであることを求められるシーンが多くて。今はほとんど何でも屋なの」

彼女は肩を竦めて、会議デスクの向こう側に座った。僕も椅子に腰をおろし、長いデスク三つ分の距離で向かい合う。

「あれからきちんとお休みになれた？」

「おかげさまで。ホテルのスイートのように素敵な環境でしたよ。特にクオリティの高い通信回線がたまらなく快適だった。御所では電子葉が使えなくて大変なストレスでしたから」

「このピラアにはアルコーンの最新鋭技術が常時適応されているの」ミアは誇らしげに微笑む。「今使われている情報材も、市場にはこれから出回る予定の技術よ。ピラア内部の情報環境は京都最高どころか世界最高と言っても過言ではないでしょうね」

「ええ。僕の方は至って快適でした。それで……」僕は離れて座る彼女の瞳を覗く。「知ルは？」

「とりあえず心配なさるようなことは無いと言っておくわ。それに、貴方のサーチでも彼女が無事なのは判るでしょう？」

僕は自分の啓示視界を見る。彼女の言う通り、確かに同じ建物の別のフロアに知ルがいることは既に判っていた。状態も問題なくモニタリングできる。通信規制は一切されていない。現在のところ、知ルには何の問題も発生していない。

「知ルは、今は何を？」

「まずは貴方と同じように休んでもらったけれど。それからは私達が用意した様々な検査に付き合ってもらっているの。本人も快く引き受けてくれたから、医学・生物学・工学・数学とあらゆる角度から彼女を調べさせてもらっています。こういう言い方は嫌がられるかもしれないけど、彼女の存在には一人の研究者として興奮を覚えざるを得ない……。京都univ出身の貴方になら解ってもらえるかしら」

「そうですね。僕もこの三日間は信じられないようなことばかりでした」

「ええ。まさに信じられないの《インクレディブル・ビーイング》集大成よ。世界最高の処理性能でありながら同時に超小型という量子ビットの電子葉〝量子葉〟。それを完全に使いこなす人類の最尖〝クラス9〟」

ミアは恍惚の瞳で宙を見つめる。「今彼女を調べている私の同僚達も、検査の結果が出るたびに叫びっぱなしよ。許可がもらえるならばいくらでも調べたいわ。彼女を一日調べられたら、アルコーンの研究所で何百日も研究したのに匹敵する成果が得られるでしょう。人の知識が進歩する場に立ち会えるというのは研究者としてこの上ない喜びね……。ああ、ごめんなさい。とにかく彼女はここではVIP待遇ということなの。安心して」

「そうですか」

僕は安堵の息を吐いた。とりあえず危険はないようだ。電子葉が規制されていないことからも、僕らをがちがちに拘束する気がないのは解る。

「それで……納得の行く説明をしてもらえるんですかね」

僕は体を起こして聞く。

「この状況はいったい何なのか。昨日までは殺しても構わないというような勢いで僕らを追い続けてきた貴方達アルコーンが、なぜ突然手のひらを返したように僕らを手厚くもてなしているのか。貴方達の目的は何なのか。知ルの電子葉が目的だったのではないんですか」

離れて座るミアを強い目線で見つめる。だが真剣な面持ちの僕とは対照的に、ミアは楽しそうに笑みを見せる。

「ええ、説明するわ御野さん。この場はそのためのセッションだもの。私達の会社がどういう意図で動いていたのか、そしてこれから何をする気なのか。そう、全ては明日のためなの」

「明日……？」

そこで僕は気付く。

そうだ、明日は。明日はもう知ルの言っていた四日目。彼女の指定した四日後。

誰かと会うという〝約束〟の日。

「あらゆる状況が、明日に向かって収束しています」

ミアの碧い瞳が仄かな興奮に輝いた。

2

「事の発端は全て、道終・常イチの着想から始まります」

ミアは啓示視界にいくつかの画像データを出しながら話す。その一枚は、十数年前の先生の写真だった。

「彼は天才でした。情報材の開発と実用化。電子葉理論の確立。その全てを彼は一人で手がけた。そして十四年前、我が社で作り上げた試作品《テストタイプ》の量子葉を持って、その研究データを全て破棄して失踪しました」

話を聞きながら僕は当時を想像した。アルコーン社には大勢の研究員がいただろうが、きっと量子葉という装置を完全に理解できていたのは先生だけなのだろうと思う。データまで消されたとあっては残った研究員ではお手上げだったのではないか。アルコーンの研究員の質が低いという話じゃない。先生がただ一人遠くにいるというだけで。

「ご想像の通りよ、御野さん」ミアが肩を竦める。「私は当時まだここにいなかったけれど、昔のデータを見ていると、いたとしても何も出来なかっただろうと痛感するわ。道終

・常イチは桁違いの天才だった。彼が亡くなったのは人類の損失よ……」
ミアは沈痛な面持ちで俯く。それは一人の研究者として偉大な才能を惜しむ面持ちだった。彼女は気を取り直して顔を上げる。啓示視界から先生の写真が消える。

「量子葉は我がアルコーン社の重要な企業秘密です。先日、ついに彼の居場所がネットワークに上がった。だけれどそれは本人が自殺したという情報だった。私達はある種の提携関係にある情報庁に依頼してその事件に関する情報を引き出したの。そうして彼が養育していた子供の一人、道終・知ルの脳に、私達が探し続けていた量子葉が植えられていることを知ったのよ」

「あとは殺して奪い取ればいい？」

嫌味を一つ放つ。ミアは顔を顰める。

「うちの会社がそういった野蛮な行為に出ていたのは恥ずかしいことだわ。だけれど、単純に否定はできないの。量子葉はそれだけで世界を変えられる技術ですもの。もし手に入れられれば途方も無い経済効果と共に、我が社は向こう三十年の業界支配的な地位を得るでしょう。その見返りを考えれば、人命の一つ二つという判断は簡単に下されたんでしょうね……。アルコーン社は知ルさんと貴方を殺そうとした。それは認めます。謝罪と共に、賠償も可能な限りさせていただく用意があります」

ミアは真剣に答えた。僕は鼻から息を抜く。

「ま……賠償だのなんだのの話は後でゆっくりしましょう」僕は手でミアを促す。「今は話を先に進めて下さい」

彼女の表情に柔らかさが少しだけ戻った。「ありがとう。感謝するわ」

ミアは再び笑みを浮かべて応える。気持ちの論理的な切り替えの速さは外国人ならではだと思う。

「話を戻します。日本人、特に京都の人間ではなかなかこうはいかない。

「話を戻します。本社は量子葉の奪取にヒートアップしてしまったから、情報庁の乱暴な部署まで引っ張り出してきたようだけど……。でも、行き違いもあったの。いいえ、こちらの一方的な勘違いだから、行き違いではなく誤解かしら」

「誤解?」

「そう。我が社は知ルさんと貴方が、量子葉を持って逃走していると思っていたのよ」

「それは……」僕は言葉を選びながら答える。「……誤解ではないのでは? 実際僕らは、貴方達の追跡から逃げていた」

「いいえ、違うのよ。貴方は知らなかったかもしれないけれど。実は知ルさんには、逃げる気など無かったの。彼女は初めから我が社を訪れるつもりだった。明日までに。明日の〝約束〟までに。私達は、それの邪魔をしてしまっただけだったのね」

「……どういうことです?」

「御野さん。彼女の目的地はここなのよ。彼女の最終目的はこのアルコーンの中にある」

啓示視界に映像が開いた。

どこかの部屋の中が映っている。真っ白な床と壁には薄いグリッドが走っていて、なんだか警察の取調室を思い出させた。何も置いていない。対照物が無いのでスケールが解りにくいがさほど広くはない。

「これはピラアの上階に作られた《特別通信室》です」ミアが説明する。「この部屋にはアルコーンの情報材技術の全てがつぎ込まれているの。ピラアの上階にあるのも周辺地域からの情報を拾い易くするため。希少金属素材も惜しみなく投じられていて、大変な予算をかけて作られたオンリーワンの施設よ。私達が今いるこの会議室と比べても明確な差のある最高の通信環境。断言できるけれど、間違いなく世界最高峰の情報環境を誇る一室です」

「この部屋がいったい」

「ここで明日、道終・知ルは、ある人物と会います。約束の相手と」

「それは……」

「全ては道終・常イチの思い通りなのかもしれないわ」

啓示視界に新たなウィンドウが開く。

映し出されたのは手術の映像だった。頭部の周囲が緑の手術布《ドレープ》で覆われている。メスが走り、前頭部分の頭皮が切開される。それは今日、世界中で最も多く行われる術式。電子葉手術の映像だった。

　映像タグから、今から三ヶ月前の手術だと解った。

「道終・常イチは我が社の並列バックアップサーバから全ての研究データを消去した。消去ラグを極小にする神がかり的な手法で、ほとんど何の痕跡も残さずに消去は実行された。そう、ほとんど。つまり、極僅かにだけれど、データは残っていたの」

　切開した皮膚が剝離され、左右に開かれる。

「アルコーン社はその断片情報からデータの復旧を始めた。もちろん普通なら不可能な作業でしょう。消えている部分が大半だから、残された部分から類推サルベージを行うにしても長大な計算が必要になる。だけれどアルコーンには、それを可能にする世界有数の量子コンピュータが存在していた。あと必要なのは時間だけだった。我が社の量子コンピュータのほとんどの処理能力がデータ復旧に当てられて、何年も掛かる膨大な計算を続けたの。そして十四年後、ついにデータは復旧した」

　映像の中に、埋め込む電子葉が映り込んだ。その見慣れない形の電子葉は。

「私達は、私達の手で、もう一つの量子葉を完成させたのよ」

　僕は啓示視界の映像に目を見開く。

　量子葉。

二つ目の量子葉。

「そして私達は完成した量子葉を実際に埋め込んだ。埋め込む人間は最初から決まっていたわ。それはこのアルコーンの中で最も優れた人間。もっとも頭の回転の速い人間。アルコーンの全てのスタッフの頂点に立つ人間。現アルコーンCEO、有主照・問ウ」

映像の角度が切り替わり、ドレープの下の顔が映り込む。

それは数日前に情報庁で会った男。有主照・問ウ本人だった。

「三ヶ月前、彼は無事に量子葉を移植された」

僕は啓示視界の映像越しにミアの顔を見た。

彼女は頷く。

「有主照・問ウはクラス9よ」

3

「移植の直後は本当に大変だった。それまで彼はクラス4だったけど、9になれば扱う情報量の桁が変わる。流入情報の奔流は彼の脳に過負荷を与え、最初の一ヶ月は監視施設から一歩も出られなかった。強烈な頭痛・吐き気・幻覚と錯乱、麻薬の離脱症状に似た状態が続いて、彼は現実と幻の境界すら失っていたの。でも彼はそれを克服した。一ヶ月のリハビリを超えて、二ヶ月目から彼は少しずつ量子葉に慣れ始め、同時に量子葉を〝慣らし〟始めた。使い方を覚えていくに従って彼の処理能力は飛躍的に向上していったの。研究チーム《わたしたち》は目を見張ったわ。目の前で起こっている驚異的な現象は、まさに人類の未来の可能性だったから。でも同時にデータを見ながら、量子葉を使用できる人間はきっと限られてくるだろうとも思ったわ。麻薬を絶とうとして耐え切れない人間がいるように、多くの人にとっては量子葉の与える過情報は苦痛でしかない。けれど有主照CEOはその壁を抜けた。量子葉に適応していった。彼には間違いなく類まれな素質があったわ」

ミアは興奮を隠さずに矢継ぎ早に話す。

「そして三ヶ月目。ついに彼はクラス9としての本当の力を見せ始めた。彼は日を追うごとに量子葉の能力を開花させていった。私達は感動と恐怖に包まれながらただただデータを取るしかなかったわ。御野さん、貴方も間近で見てきたのならば解るでしょう？　彼らの存在の驚異、人類を超えた人類の、想像力を超えた想像力！」

僕は頷くしかなかった。この三日で、僕はまさにそれを目の当たりにしてきた。全てを計算し尽くした人間のビジョン。未来予知と見紛うような超情報処理。

「彼は量子葉に慣れると共にそのビジョンを少しずつ広げていった。もうこの段階になると私達低クラスには魔法にしか見えなかったけれど」

ミアは諦めたような笑みをこぼす。

「まず道終・常イチの訃報が入る前に、道終・常イチがクラス９を育てていると予測した。先日ＣＥＯが御野さんに会いに行ったのは、道終・常イチに繋がる手掛かりが貴方にあると計算した《おもった》からなの。貴方が実際に道終・常イチと接触したのはその翌日だったから、一日早くずれてしまっていたけれど。それからほどなく知ルさんの存在が明るみに出る。ＣＥＯは彼女の量子葉を奪取するために指示を出した。この時は彼のビジョンはまだ、知ルさんのビジョンに追いついていなかったのね」

「追いつく？」

「ええ。ＣＥＯのビジョンが知ルさんのビジョンと重なったのは、本当につい昨日のこと。貴方たちが京都御苑で暴れていた頃。やっと量子葉の全てを自分のものにした有主照ＣＥＯは知ったのよ。知ルさんが、もう一人のクラス９が、自分に会うためにここにやってくることを。それは二人の想像力が自然と辿り着いた一つの特異点。二人のクラス９は明日、このピラアで対面することが運命づけられていた。それを一歩遅れて理解したＣＥＯは、貴方達に迎えを出したというわけ。それが昨日」

　話を聞きながら、僕は昨晩の御所での出来事を思い出していた。

　門が開く前に、クラス９でも何でもない僕にもたらされた確信。宮内庁の御厨さんが門を開けてしまった本人も説明のできない理由。

　運命づけられた約束。

二人のクラス9が持っているのは、まさにそれと同じ種類の確信に思えた。

「知ルと有主照・問ウは、同じ目的に向かっていると……」

「その通り」

「それは何なんだ」僕は真っ直ぐに聞く。「知ルは……あの二人は、いったい何をしようとしているんだ」

「彼らの目的は、至ってシンプルです」

ミアのジェスチャに合わせて啓示視界にグラフが現れる。

「これは有主照CEOの量子葉をベンチマークした結果のグラフよ。この三ヶ月分を余さず記録してあるの。特に注目したいのは稼働率」

僕は数字を読み取る。グラフはかなり低域で推移していた。トップレートは。

「十二%?」

「そう。解る? 最も稼働した時でその数字なの。どんな過度な処理課題を用意しても、量子葉は簡単に処理してしまう。そのほとんどの能力を使わずに。なぜそこまで規格外の処理速度が出せるのか……それは作った私達にすら解らないのよ。我々が使っている大型SQCと道終・常イチの作った小型の量子葉に一体どんな違いがあるのか……。とにかく、CEOの量子葉は〝休眠状態〟と言ってすら良い。それはきっと知ルさんも同じ事でしょう」

ミアはふう、と溜息を吐く。

「でも、それは無理の無いことかもしれない。だって彼らにとっては、私達の考えることなんて全て子供の遊びに等しい。いいえ、もっと。超越してしまった彼らには、犬猫と話しているようなものかもしれないわ」

「犬猫……」

「御野さんは動物を可愛がる時に必死で何かを考えないでしょう？ それは当然だわ。動物と話しても会話にならないのだから、頭を動かす必要がない」

それは、と答えようとして、そこで僕の言葉は止まった。

彼女が何を言いたいのかが想像される。

僕の中で、一つの答えが生まれる。

ミアは僕を見て頷いた。

「彼らは話したがっている」

それは至ってシンプルな解だった。

この世でたった二人のクラス9は。唯一無二の〝対等〟な相手を求めて。

「会話をしたがっている。本気の会話ができる相手を求めている。そしてその結果がどうなるのかを、知りたがっているのよ」

ミアは自らの論理を展開する。

「会話というのは最も単純で、同時に最も複雑なコミュニケーションよ。たとえば将棋《Japanese chess》を想像してみて。将棋は決まったルールの中でお互いに指し合う。まず相手の手を受けて、そこから無数のパターンを検討し、そして一手を選びとって相手に返す。これも一つの会話の形式。プロフェッショナルともなれば瞬時に何万というパターンを思考すると言うわ。解るかしら？　将棋ですらそうなのよ。僅かなコマと限定された動き方という極度に縛られたルール。要素を省かれてシンプル化された、狭い制約の中での会話《対局》ですら、人の脳は途方も無い量の情報量を処理している。

そして彼らが求めているのは〝会話〟。

そこに制約は無い。何を言っても良い。選択肢は知っていることの全て。相手はその言葉を聞いて、それについて可能な限りのあらゆる思慮を巡らせる。その思慮に必要な情報も、彼らは世界から無限に集められる。クラス9の彼らはピラアの通信室の最高の環境の元で、世界中の情報を取得しながら無限の思索を巡らせることができるでしょう。そうして世界で最も正しい返答を選び出すでしょう。それこそが彼らが求めたもの。クラス9の全性能を余すところなく使用できる、世界最高の想像力を持つ二人の〝おしゃべり《限界性能試験》〟なのよ」

僕は、クラス9に全く及ばない頭で想像を巡らせる。

人間を超えた二人の会話。世界最高の想像力を持つクラス9同士の会話。

「その先で、何が起きると言うんだ」

「何が起こるか、何が生み出されるのか、彼らは何にたどり着くのか。私達には文字通り、想像が及ばない。これは私自身の貧相な予測でしかないけれど、もしかすれば悲劇的な結末もありえるでしょう。ＣＥＯに量子葉を載せただけでもあれほどの激症が出たんだもの。クラス9同士の会話の負荷に脳が耐えられなければ自我の崩壊や発狂、最悪死亡する可能性だってある」

「なんだって？」

知ルが？

発狂？

死亡？

僕は顔を歪める。

「気持ちは理解します。私だって有主照ＣＥＯの身を案じているから。だけど、私には止めることはできない。だってその会話の先にあるのは、間違いなく私達人間が未だ到達し得ないビジョンなのよ？　もちろん本人達もやめるとは言わないでしょう。そのためにここに来た、そのために生まれた二人だもの。私にも貴方にも止める権利なんて無い。それに……貴方も本当は、止めたいとは思っていない」

僕は顔を上げる。

ミア・ブランは、悲しいような、嬉しいような、複雑な表情で呟く。

「私も止めたいとは思わない。見たい。見たいわ。だって二人の会話の先に何があるのかを」

ミアは歪んだ顔で微笑んだ。

「知りたいの」

4

プシュ、と言う音でドアの気密性が高いことが解った。

案内されたのはモニタリングルームだった。研究者用と思われる席が三つと、それを取り囲むライトグレーの何も無い天板。啓示視界の視覚表示の邪魔にならないように設けられた〝ブランクエリア〟だ。

パブリックレイヤには、すでにライブ映像の受信が始まっていた。映っているのは先ほど見せられた真っ白の部屋。特別通信室。

「特別通信室はこのモニタリングルームの隣に位置します。あそこの三重扉の向こうね」

ミアが部屋の端のドアを指さす。「私たちは明日、あの部屋での二人の会話をこちらで観察、観測します。彼らの全方位を情報材で覆うために直接の窓は開けていませんが、カメラと情報材を通じて中の全情報が取得できるシステムになっています。もちろん有事を想定して医療スタッフも常駐させます」

「有事……」

有事。事が有ること。

僕らは明日、ここで何が起きるのかを知らない。知らないけれど何か望むべきことが起きて欲しいと思っている。そして望まざることに対処できるよう備えている。何も知らないままで。

「明日」

僕はミアの顔を見た。

「ここで有事があるとしたら、それは」

「ええ」

「どちらに？」

僕の質問に、ミアの瞳が小さく揺れた。彼女は少し逡巡してから答える。

「研究者として適切な返答に努めるなら、判らないとしか言えないわ。二人のクラス９はどちらも成立が特殊なオンリーワンで、性別も、年齢も、あらゆる要素が異なっている。つまり単純にどちらが上、どちらが下という分け方はできない。だからさっき言ったような〝過負荷〟がどちらかに偏って現れるとも言えないの。両方に現れるかもしれないし、どちらにも現れないかもしれない。ただ……」

「ただ？」

ミアの眉間に皺が寄る。

「今日の検査で知ルさんの量子葉についてのデータが取れたわ。十四年前に作られた量子葉。すぐに有主照CEOの量子葉と比較が行われた。これはあくまで数値の上での話だと思って聞いてほしいのだけど……」

啓示視界にグラフが開く。二本のグラフは、二つの量子葉の比較テストの結果だった。

「CEOの量子葉は、単純処理比較で知ルさんの量子葉よりも高い数値を出している。これは製造年時の技術差に起因する、不可避の能力差なの」

僕は二本のグラフを見つめた。

それはまるでブランクエリアのプラスチックのようにプレーンで無味な、心無い死刑宣告のようだった。

数値の差は《一二〇一％》を表示していた。

5

夜の帳が京都の街に降りている。

星が地上で見るよりもよく見えた。かなりの高度。三六〇度見渡す限り、夜空と山しか見えない。

僕は京都ピラアの最頂点、屋上フロアに出ていた。

地上七〇〇メートルに浮かぶフラクタルプラスチックの広場。三〇メートル四方くらいのまっ平らな空間に、出入り口の立方体だけが打ち間違えたドットのように飛び出している。観光客の入る展望台はもっと下のフロアにあって、この屋上部分には普段一般人は出入りできない。なのに僕が出てこられたのは、先客がドアのロックを勝手に解除していてくれたからだった。

何もない屋上の中心に、知ルはいた。

着慣れた制服姿の彼女は、体育座りで、頭上に広がる宇宙を見上げていた。僕は彼女に近寄って、隣に腰を下ろす。ひゅうううという風の音が周り中から聞こえる。寒くはなかった。昼間に残った盆地の熱が夜の空を暖めていた。

「楽しかったですね」

知ルは呟いた。

「何が」

「私、デートって初めてでした」

「……デート？」

「神護寺と、京都御所に行きました」

僕は怪訝な顔で彼女を見遣る。考え殺されそうになったり蜂の巣になりかけた覚えはあるが、デートを楽しんだ記憶は一切なかった。

知ルは僕を見返していつものように微笑む。からかわれているだけなのか、本気で言っているのかも判らず、次は部屋デートにしようとだけ答えた。知ルは頬を赤らめた。やっぱりからかわれているのだろう。

彼女は再び夜空を見上げた。

一緒になって星を眺める。こんな静穏なデートならいくら付き合ってあげても構わないのだが。

「この銀河の中心には、超大質量のブラックホールがあります」

唐突に話題が変わる。キーワードに電子葉が反応し、ブラックホールの基礎的な情報が啓示視界に現れる。

高密度・大質量の、極めて重力の強い天体。巨大な重力で光さえも逃さない漆黒の球。シュヴァルツシルト半径を境にしてあらゆるものが遮断される隔絶された世界。

合わせて銀河中心部のブラックホールの情報も開く。四一〇万太陽質量。シュヴァルツシルト半径は〇・八AU。

「どれほど巨大な重力なのか想像すらできないな」

「でも質量が大きい分、半径と特異点の距離が遠くなるので、事象の地平線付近での潮汐力は弱まります。小質量のブラックホールよりは事象の地平線に近付き易いんです」

「易くても近づいたら死ぬじゃないか……」

「そうですね。でも」

知ルは楽しげに言葉をはずませる。

「きっと人は近づかずにはいられない。行けるならば、行ってしまうでしょう。光すら隔絶される向こう側。誰も戻って来られない事象の地平線の先に飛び込んでしまう」

「それで命がなくなるとしても？」

「知りたいから。生きたいから」

「生きたい？」それはブラックホールに飛び込むという行為とは、全く真逆の言葉だった。

「生きたいから事象の地平線を超えるのか？」

「《知る》と《生きる》は同じ現象ですよ」

知ルがパブリックレイヤに動画を表示させた。

それは海の渦だった。荒々しい自然現象。渦潮の映像。

「生命は渦に喩えられます。大きな水の流れの途中に生まれる淀み。周りの物質《水》を取り込んで代謝し、自己組織化し、物理法則に従ってエントロピーを増大させようとする物質を生命法則に取り込んで秩序立てていく現象。それが生命です。《生きる》とは〈物質とエネルギーの自己組織化〉の過程を指す概念」

パブリックレイヤに新しいウィンドウが開く。

次に現れたのは脳のCG模式図だった。３Dで描かれた脳が感覚神経で外界と繋がっている。神経を通して情報が脳に流れ込む。

「《知る》とは〈情報の自己組織化〉を指す言葉です。物理的には脳という器官に情報を摂取し、自己組織化し、情報体の秩序を形成していく。情報エントロピーの増大に抗う。脳のメゾ回路は中間階層を増やし続けて情報を高度に秩序化していきます。一つのメゾ回路はより小さなメゾ回路を含み、より大きなメゾ回路の一部となり、その全ての情報を有する。神経細胞の数は限られていても、そのメゾ的な組み合わせは幾何級数的に増加できる。脳というのは〝情報の圧縮器官〟なんです」

知ルは先生と同じようなことを話していた。

だけれどそこに違和感は無い。今の彼女は決して先生のエミュレートではなく、先生に育てられただけの一人の中学生、道終・知ルだった。

「〈物質の自己組織化〉《生きる》と〈情報の自己組織化〉《知る》は、私達人間存在の本質的な欲求です。生きたい。知りたい。人間とは、そういうものなんですよ」

そして十四歳の彼女は、淡々と〝人間観〟を語った。生きたいという欲求と、知りたいという欲求。それは普通の人間と全く同じ感覚であり、同時にそれをどこまでも突き詰めたような、クラス9の人間観だった。

エントロピーの増大にどこまでも抗う人生。知ることと生きることを等価に見る人生。

知るために生きる。

生きるために知る。

「生きるために、シュヴァルツシルト半径の先に踏み込む……」

僕はパブリックレイヤの映像を閉じた。夜の闇の中に知ルの顔がある。

「スパゲッティ化《Spaghettification》でバラバラになるでしょうね。ですがさっき言った通り、超大質量ブラックホールなら地平線付近の潮汐力が弱い。つまり人の形を保ったまま事象の地平線を超えることも可能かもしれません」

「だが仮に生きて超えられたとしても、超えてしまったらもう戻ってはこられない」

「でも連レルさん。もし〈事象の地平線を超えて戻って来られる宇宙船〉があったら、それに乗りますか？」

「それは……」僕は、その無意味な仮定を少しだけ考えた。「……乗る、かな」

知ルは悪戯に微笑む。

「明日の対話が楽しみです」

「有主照CEOと、どんな話をする気なんだ」

そう聞いた僕の言葉に、小さな嫌悪のニュアンスが走ってことに自分で驚いた。でもすぐに納得する。それもきっと人間の本質的な欲求だ。それを喚起するだけの情報ポテンシャルが知ルには十二分にある。僕はその物理的《Physical》な要求を、倫理的《Ethical》な情報で埋めて平静を保つ。

「最初はお土産話をしますよ」

彼女は僕のどうでもいい悩みなど一切気にしない様子で答える。

「土産話？」

「彼が知らないことを幾つか持って来ましたから。神護寺で見た曼荼羅の事。大僧正に聞いた〝悟り〟のお話。御所で見た史書の事。昔の神様のお話。どれも、明日の道案内《ガイド》となるお話なんです」

「なるほど、土産話ね……確かに僕らが集めた情報は、クラス9のCEOでも知らないことだろうな。同じクラス9の君が結構な苦労をして集めてきた情報だ」

「私の方が、先輩ですから」知ルはわざとらしく偉そうに言った。

「そうだな。向こうはまだ三ヶ月らしいし。君はもう何年も量子葉を使ってきたんだろう？」

「私は生まれた直後に量子葉を付けられましたから。〇歳から使っていますよ。十四年になります」

知ルが簡単に言ったことに僕はまたも驚かされる。

六歳以前の電子葉移植もまた重大な違法行為だ。新生児期の電子葉刺激が脳にどういう影響を与えるのかが解明されていないし、当然臨床試験も進んでいない。知ルは量子葉という違法装置の件だけでなく、その装着時期までも法に触れていた。

しかし十四年選手ともなれば、確かに彼女の言う通り三ヶ月の有主照ＣＥＯは随分な後輩になる。

「それでも、私の知り得ない情報を彼は持っている」知ルは呟く。「私も彼から多くの情報をもらうことになるでしょう。そこまでが準備です。まずお互いの知り得る情報を交換し、素材を揃えます。全てが整ったなら、そこから二人で織物を編んでいく。明日、私達が行うのはそういう作業なんです」

知ルは空に語った。

それはもう僕にも、誰にも関われない、クラス９の世界の話だった。人の理解の及ばない領域。立ち入りさえも許されないエデンの園《神の国》。

そう。

入れないことは解っている。

知ルはクラス９だ。僕が知っていて、彼女が知らないことなど一つもない。あとは同じクラス9にまかせるしかない。だからそれに、いちいち感情を波立たせるのが無意味なことも解っている。

僕は彼女に何も与えられない、無知な人間だった。

自分の中に生まれた欲求が物理的《Physical》なものか論理的《Logical》なものかも判らないくらいに無知な。

「両方ですね」

驚いて顔を向ける。

「君は、また勝手に」

僕は慌てた。完全に失念していた。一番読まれたくない感情を読まれて羞恥が沸き立つ。

しかし弁明もできない。テレパス相手に弁明する無意味さくらいは、無知な僕でも流石に知っている。

「そんなことはありませんよ、連レルさん」

「なにが」

知ルの言葉がどこにかかっているのか解らず、ぶっきらぼうに答える。

その時、知ルは。夜の闇の中で。

僕を、今までに見せたことのない眼差しで見つめた。

その視線の情報には確かに。

情報の熱量があった。

「私、知りたいことがあるんです」

エデンの園では人は裸だった。

知恵の実を食べ、知識を持ち、羞恥を知った人は、木の葉で体を隠した。

だから服を脱いだら、神様の国で暮らしていた時の事を思い出せるのかもしれない。

それが善い事なのか悪い事なのかは解らないけれど。

でも、きっとすごく気持ちがいい事なのだけは、僕にも解った。

ピラアのホテルのスイートという過度に贅沢な部屋で、ベッドの真ん中に彼女を座らせる。

服を脱がせると紅潮した肌が露わになった。磁器のように思っていた彼女の肌にもちゃんと血が通っていたんだなと妙な感心をしてしまう。熱を帯びた首に触れると、びくりと一つ震えた。

僕が何かするたびに、彼女は表情を目まぐるしく変化させた。知らない感覚に驚いて、新しい情報を分析して、初めての刺激を堪能していた。「あ」と響いた声が自分のものだと気付いて彼女は顔を赤らめた。その反応が楽しくて、僕は彼女の脚の間に顔を埋める。

「犬みたい……」赤い顔で彼女が言う。「恥ずかしくないんですか」

「恥ずかしいことをするから意味が発生する」

彼女は合点が行ったという顔をする。

「誰にも見せられませんね」

「見せないようにしてくれ」

「はい」

それから沢山の情報を交換した。感情を交換し、体液を交換し、熱を交換した。彼女の中に入っていく。体が物理的に近付いて、互いの体温が平衡へと動き出す。ほとんど何も要求をしなかった彼女が一言だけ「くっついて」と言った。

「私」彼女が僕の耳元で囁く。「昔、一度だけ、連レルさんに会ったことがあるんですよ」

「いつ？」

彼女は答えずに、代わりに僕の首を抱いた。それはきっと彼女にしてみれば力いっぱいのつもりだったのだろうけれど、そのか細い腕の力は全然足りなくて、彼女がまだ子供であるという当たり前の事実を僕に伝えた。

僕は多分、彼女にいくらかの新しい情報を与えられたと思う。

だけれど、ここで僕の全部を吸い上げられてしまうのかと思うとなんだか無性に悔しくて、僕はわざと伝えないことを残した。そんな稚気からくる悪戯は、当然彼女にも知られているんだろう。でもその時の彼女はいっぱいいっぱいで、僕を咎める余裕なんてなかったから、僕の小さな抵抗は無事に遂げられた。

こうして僕と彼女の間に小さな〝やり残し《約束》〟が生まれた。

次は、それを教えてあげようと思った。

目を覚ました知ルは少し寝ぼけながら体を起こし、先に起きている僕に気付いてシーツで体を隠した。

「知恵の実だ」

からかってやると不満そうな顔をした。彼女を相手に優位に立てるシーンはほとんど無いのでここぞとばかりに堪能しておく。知ルはシーツの中に潜り込む。もぞもぞと動いたかと思うと、中で服を着てから現れた。

「もうエデンの園には帰れないな」

淹れたてのコーヒーを渡す。彼女はカップに一口だけ口を付けた。その姿にはもう照れや恥ずかしさは感じない。残念ながら通常営業に戻ってしまったようだ。

彼女は僕に顔を向けて言う。

「エデンの園には二人の門番がいます」

ピアの高品質通信環境が電子葉を通してすぐに正解を教えてくれる。

生命の木を守るために、神が置いた二つの門番。

智天使《ケルビム》。

もう一つは〝輪を描いて回る炎の剣〟だった。

「ケルビム、と?」

「〝ケルブ〟とはヘブライ語で〝知識〟を意味します。ケルビムはその名の通り〝知識の天使です」

「知識の天使、ね。あれ、つい最近もそんなのを聞いたような……」

僕は思い出す。確か御所でイザナミの話を聞いた時だ。イザナミは知識の大神だとか知ルが言っていた。

「黄泉の国のイザナミも、エデンの園のケルビムも、表しているものは同じです。境界には〝知識の門〟が存在するということ」

「知識の門?」

聞き返すと、知ルは答えずに微笑んだ。カップをテーブルに置く。彼女はベッドから立ち上がり、朝日の差し込む大きな窓に寄り添った。知ルの姿が影になる。

「今日は、たくさんのことを考えたい」

知ルは太陽に向けて呟いた。

約束の日の朝。もう一人のクラス9、有主照・問ウとの対話の日。

「量子葉を、脳を、最大限に使用して、考えうる限りのことを考えたいです」

知ルが振り返る。

「連レルさん」

輪郭だけが分かる黒い影が僕を呼ぶ。

「人の脳が最も活性化するのはいつか。解りますか？」

「脳が最も活性化する時……？」

ぱっとは思い浮かばない。電子葉がネットから関係の深そうな情報を探り出す。興奮状態の時や、脳内麻薬の出る時だろうか。セロトニンやエンドルフィンの話が啓示視界を埋める。だが知ルの質問にぴたりと当てはまるような情報は出なかった。

「人の脳が最も活性化するのは」

時間切れのようだ。

僕は知ルの答えを聞く。

彼女は燃え盛る太陽を背にして、答えを呟いた。

「〝炎の剣が輪を描いて回る時〟です」

6

ブランクエリアがカラフルな啓示情報で埋め尽くされている。パブリックに見える分でもこれだけの量ならば、オペレータの啓示視界は大変なことになっているだろう。

特別通信室のモニタリングルームでは、〝対話〟前の最終調整が進んでいた。壁面の広域ブランクエリアに特別通信室内のライブ映像が届いている。グリッドの入った白い空間。その中央に二脚のチェアが向かい合わせに据えられており、片方にはテストのためのスタッフが座っている。

三人のオペレータは口頭で確認し合いながら機器のチェックを始めた。

フィルタテストが始まり、ライブ映像が別な表示法に切り替わる。部屋の映像が色相表現になる。続いて白黒に。断層像に。3Dグラフィックに。通信量測定《インフォグラフィ》、陽電子測定《PE》、磁気共鳴《MR》、その他あらゆる方法で経時モニタリングが行われている。インフォグラフィの像を見ると色相変化がほとんどない。テスト用スタッフが電子葉を活動させていないためだろう。

次のフィルタに切り替わる。NAI・神経活動イメージング《Neural activity imaging》が表示された。脳神経の活性・不活性状態を測定して映像化するフィルタ。インフォグラフィと同じく活性の低い部位は黒に、高くなる毎に緑から変化して、最活性状態はオレンジから赤で表示される。テストスタッフの脳はやはり最低限の活性状態で緑に落ち着いている。

機器の準備が終わり、テストスタッフが特別通信室から退室した。三重扉を開けてモニタリングルームに戻り、そのまま出て行く。入れ替わりでミア・ブランが入ってくる。

「CEOはもうすぐ来られます」

ミア・ブランはライブ映像を見ながら言う。

「知ルさんはまだ？」

「まだです。時間ちょうどには来るでしょう」

「寝坊ではなく？」ミアが笑う。

「それはないでしょう。本人も今日のことを楽しみにしてましたから」

「ええ、そうね。ただ、もしかしたら楽しみ過ぎて、昨晩あまり眠れなかったかもしれないと思ったから」

そう言ってミアは僕に目線を送った。

「さあ……早く寝たんじゃないかな」

顔に出ないように努めて答えると、ミアはもう一度くすりと笑った。

「そうね」

その反応は明らかに何かを知っているものだった。僕は探り半分、観念半分の気持ちで聞く。

「……モニタリングを？」

「いいえ？　我々は何の情報も取得できていないわ。でもね、御野さん。〝情報が取得できない〟というのも立派な情報の一つだもの」

ミアは僕の耳元に口を寄せて囁く。

「昨晩の貴方のお部屋。クラス9の力で完全に情報が遮断されて、まるでブラックホールみたいだったわよ」

顔を覆う。見せるなと僕が言ったのを思い出す。一切の情報が遮断された漆黒の珠は、その中を想像させるには十分過ぎる情報を与えただろう。そしてその想像は誤解ではないので、僕にはもう弁明の余地はなかった。

ばつの悪い気持ちでミアに顔を向ける。

すると、からかいでいっぱいと思われていたミアの表情は、予想と裏腹に静かに笑っている。

「ごめんなさい。私の立場からの勝手な話だけれど、今とても嬉しいの」

「なにが？」

「貴方がクラス9と深い関わりを持てたことが。クラス9とそうでない人間が繋がれたことが。二つの存在が、隔絶されたものではなかったことが」

「……クラス9だって人間ですよ」

「ええ、わかってる。わかっているはずなのに、私は時々それが信じられなくなってしまうから。だからこれは、私の勝手なお礼なの。ありがとう、御野さん」

ミアの言葉の終わりと同時に、モニタリングルームの自動ドアが開く。

有主照・問ウ・アルコーン社CEOが部屋に入ってくる。

有主照・問ウはデータ測定用のスキャニングスーツに身を包んでいた。手足の先まで覆う黒いスーツは、体幹部にプラスチックと金属の部品が幾つか並んでいる。頭部には同じく測定用と思われる機器を、脳を取り囲むように六つ付けている。高密度の情報材に囲まれた通信室なら何も付けなくても内部の人間を測定することは造作ないだろうが、こういった機器を装着した方が当然取得精度は高まる。

有主照は僕らに近づき、整った笑みを見せた。それは数日前に情報庁で会った時と同じ、何かの確信を持った人間の顔だった。それは量子葉が与えたものなのだろうか。彼もまた類まれな想像力で、僕らには届き得ない〝先〟を見ているのだろうか。

もう一人のクラス9。

彼はミアに話しかける。

「今日はよろしく頼む」

「はい」

ミアは真剣な表情で答えた。彼女の瞳の強さから僕は二人の関係を感じ取った。恋人だとか、そうでないとか細かいことまでは判らない。だけどミアが有主照という人間を強く大切に思ってることだけははっきりと伝わった。

「もし何かあったら対処は指示通りに。……いや、いい、私には何も無いと思うが」

その言葉に僕は視線を向けた。呼応するように、有主照・問ウも僕を見る。

「知ルに、何かあると？」

シンプルに聞く。

有主照・問ウは答えない。

「今から何が起きるんですか」僕は自然と強い口調になっている。「僕には解りません。知ルと貴方の対話が何を生むのかは解りません。でも貴方には、クラス9である貴方には見えているんじゃないんですか。未来が。対話の先が。この対話が、いったいどこにたどり着くのか」

僕の言葉は咎めるような強さになっていた。それは知ルがどうなるのか解らない不安から出た言葉だった。

けれど有主照・問ウは僕の強い口調に対し、反対に優しい表情を湛えた。

「小さい時、コンピュータが大好きだった」

彼は突然、自分の話を始めた。

「コンピュータを使えば、様々な情報を手に入れることができた。知れることはなんでも知りたくて闇雲にネットを漁った。高校の時分になって、実用化された電子葉を入れてから世界が変わったよ。不自由なインターフェイスから解き放たれ、更に多くの情報を手に入れられるようになった。それでも、それよりも更に多くのことが知りたかった。一時は研究者を目指したこともあったが、その道だと自分では到達できないと気付いたんだ」

有主照・問ウが自分の手を見つめる。

「道終・常イチのような天才にはなれない。だったらどうすればと考えて、選んだ道が経営だった。金を稼いで、自由になるものを増やした。アルコーンのCEOになり、研究部門を拡張し、道終・常イチ本人も招聘した。彼ならば私の希望を叶えてくれると思った。彼の研究こそが希望だった」

僕は、CEOの目を見遣る。情報庁で初めて会った時に、CEOの目の奥に見えたものが解った気がした。

それは〝欲〟だ。欲しい物を得ようという意志。どんなに遠くても手をかけようとする心。

この世の全てを知りたいなどという神をも恐れぬ願望。

〝知識欲〟。

きっとそれは、知ルと同じ。

「道終・常イチが失踪しても諦められなかった。彼の研究をサルベージし、十四年かけて私は量子葉を完成させた。これで到達できると思った。これで手がかかると思った。だがクラス9になっても、私が知ったことはそれほど多くはなかった。そしてクラス9と言えども、先の事が全て想像できるわけではない」

有主照・問ウが目を細める。

「未来の見えない暗闇の中で、想像の及ばない先に僅かでも手をかけるために、人は生きている。量子葉の能力は、クラス9の力はそのために存在する」

彼はブランクエリアの映像を見上げた。これから自分が入る白い部屋を。そしてその向こう側をじっと見つめる。

「一つだけ」

有主照・問ウは、僕に顔を向けた。

「クラス0でもクラス9でも変わらずに想像できる未来がある。人間ならば誰もが知っている、誰もが必ずそこにたどり着く、万人普遍の先がある」

その時、彼が何を言いたいのかが、僕にも容易に想像できた。

それは僕も知っていることで。本当に誰もが知っていることで。

でも、だけど。

今だけは目を逸らしたかった、確定された未来。

「人は死ぬ」

プシュ、と自動ドアが開いた。

現れた知ルはスキャニングスーツを着用せずに。

いつもの制服姿で、いつものように微笑んだ。

7

広域ブランクエリアに表示されたライブ映像を見据える。特別通信室の中央、制服姿の知ルとスキャニングスーツの有主照・問ウがチェアに座って向かい合う。二人はまだ一言も発していない。しかしモニタリングルームに表示される測定データはすでにあらゆる方向に加速を始めていた。

「通信量はもう通信室のキャパシティの半分に到達してる。量子葉の稼働率も上がり始めているわ。合わせて脳の神経活動も少しずつ活性化している」ミアが啓示視界に表示される無数の数値を読み取る。「まだ会話が始まっていないのに」

僕も自分の啓示視界に同じ数値を読み込む。

「交換通信量が高い」

「口頭でなく、通信で既に会話を始めているということ？」

「いや……僕はこの前、知ルと神護寺の住職の会話を見た。通常は意識や記憶の大半が潜在状態で〝思い出されていない〟んだ。知ルはまず言葉を聞かせて神経細胞を走らせ、必要な脳情報を〝表在化〟させてから読み取っていた。脳の活性状態を見る限りだと、今はまだ意識がそこまで活動していないように思える」

「でも通信をしあっているのは確かだわ」

「ウォームアップなのかもしれない。知ルは最初に土産話を教えてあげるなんて言っていたから。有主照CEOの知らない情報を渡すと」

「つまりCEOからも知ルさんに情報を渡している？　無言で会話の前準備をしているということなの？」

「まるでサトリだ」

「サトリ？」

「日本の怪物だよ。人の心を読む」

「それはまさに、彼らそのものね」ミアが再び数値に目を戻す。その時、二人の相互通信量を示す数値が落ち始め、同時に部屋全体が外部から取得する情報量も沈静化していく。十秒としないうちに部屋の通信量は誰も入っていなかった時と同じ基底状態に戻った。どこまでもフラットで、静止する水銀のようだった。

『〈こう〉』

最初の言葉は、知ルから突然放たれた。

僕とミアの啓示聴覚にマイクが拾った音声が届く。

その瞬間、あらゆる計測数値が一気に跳ね上がった。部屋の総通信量が一気に八〇%を超える。まず有主照・問ウの量子葉が稼働率を上げ始めた。インフォグラフィが黄色からオレンジに。合わせて有主照の脳活性が上がり、脳イメージ図の各所がオレンジの斑状に変化していく。

「こう？　こうって？」ミアが聞く。

「わからない、日本語には同音の言葉が沢山ある。高《High》、公《Public》、工《Engineering》、幸《Fortune》……」

たった二文字の単語、無数の同音異義語が存在する。知ルが言った「こう」がどれなのか解らない。だけど有主照はその無数の言葉の中から一つを選び取って、それに対応した言葉を返さなければならない。貴方は何を選び、何を答えるのですかと知ルは聞いていた。

その「こう」は知ルから有主照への質問だった。

『《eon》』

有主照・問ゥは答えた。

合わせて真逆の情報奔流が巻き起こる。総通信量がもう一段上がり、今度は知ルの量子葉稼働率と脳活性が一挙に高まる。脳イメージ像の赤い領域がまるで機銃で撃たれた流血のように順番に、無数に開いていく。

知ルは軽く目を細めて、有主照・問ゥを見つめた。

「アイオーン？」

僕は二人の会話の意味を探ろうと自分の電子葉を回して情報を集めた。隣のミアも同じだった。啓示視界にネットワークの情報と多数のリンクが表示され、電子葉がフル稼働し、たった二つの言葉から優先度の高いものを選び出す。ミアが呟く。

「アイオーンは宗教的な用語で、これも語彙の多い言葉よ。高次の霊、超越的な世界、長い時間、一定期間の時間」

「宗教……時間……もしかして、劫《こう》か？」

電子葉が語彙を検索して視界に開いた。劫。ヒンドゥー教の用語で極めて長い時間の単位。1.36×10^{17}秒。四三億二〇〇〇万年。

「彼女が言ったのは長大な時間を示す〈こう〉だったの？」

「それは、解らない。ＣＥＯの選んだ言葉から類推しただけで、知ルが本当に〈劫〉を意図して言ったかどうかは断定できない。でも彼はその返答を選んで、知ルはまたそれに答えようと思考を走らせている。二人は僕らには解らない〝正着〟を求めて進んでいる」

『〈火花〉』

再び知ルの言葉が放たれる。

『《内側》』

有主照ＣＥＯの返答が早い。僕とミアはもう二人の言葉の意味を追うのを諦めつつあった。言葉が自由に発せられ過ぎる。二人の連想の全てを追い切れない。無数の意味の中からの選択。それでもきっとその中に二人にとっての〝正着〟がある。その一つを選び出す処理は、僕らの旧式の電子葉では絶対に追いつけない、量子葉の並列処理能力が最も力を発揮できる作業に思えた。

隣のミアが意識を切り替えて啓示視界に視線を向けた。二人の言葉を直接追うのをやめ、測定値の観測へ戻っている。僕もそれに倣う。僕ら一般人が二人のクラス９を理解できる材料はこの計測数値しかない。

『〈知識〉』

両者を測定する数値は、既に順番にではなく恒常的に高まり続けていた。言葉がさらに二つ、三つと重ねられ、それに合わせてＮＡＩの脳イメージ像に赤い花が連続的に開く。量子葉の通信量も伸び続け、部屋全体のインフォグラフィを真っ赤に染め上げる。

「知ルさんの量子葉の方が稼働率が高い。もうほとんど限界に近い速度で稼働している。でもＣＥＯの量子葉はまだキャパシティに余裕がある」ミアが数値を見比べて言う。

「知ルの方の負荷が大きい？」

「機器的な性能差が……」

僕は昨日のミアの言葉を思い出す。量子葉の製造年代の差。十四年分の技術差が生んだ、一二〇〇％の性能差。

「このままだと二人の脳の情報処理にも偏りが出るかもしれない。あまりその差が大きくなるようだと危険が」

ミアがブランクスペースの上で目線を送った。

「……これは？」

奇妙なニュアンスの混じった声を聞いて、僕はミアを見た。彼女は驚きに目を開いている。僕は彼女が見ているデータを啓示視界に引き出した。神経活動イメージングの脳イメージ像。それを見て、僕もまた同じように目を剝く。

知ルの脳の活性領域が凄まじい速度で移り変わっている。

「なんだこれは」

「おかしい、脳神経活動の速度じゃない」

ミアと一緒に知ルの脳イメージ像を凝視する。それは見たこともない脳活性図だった。オレンジから赤へと変遷する活動領域が、通常では考えられない形に移動していく。

「ちがう、わかったぞ」僕はパブリックレイヤにイメージを呼び出してミアにも見えるように遷移を指で追う。「速度が速いんじゃない。活動領域の遷移が規則的だからそう見えているんだ。一つの活性域がすぐ隣の活性化を呼んで、連鎖的に、規則的に移動している」

ミアは有主照の脳イメージと見比べた。有主照の脳も各活性場所も赤く浮かび上がってくる。ただそれぞれの関連性は薄い。近場へと移っていく流れのようなものは感じるが、それらは途中で消え、また別の場所が赤く染まる。有主照のイメージ変化にはランダム性や乱れが感じられる。

対する知ルの脳活動の規則性は明らかだった。右脳側頭葉の外側で生じた活動領域は活性範囲を移しながら右脳頭頂葉右側、右脳前頭葉外側に周り、そのまま左脳前頭葉外側、左脳頭頂葉左側、左脳側頭葉外側、後頭葉背側を経て再び右脳側頭葉に戻る。つまり頭の右側で生じた活性域が左回りに脳を一周して戻っていた。

「別な断層像と3Dを」

僕の指示でミアがそれを開いた。知ルの脳の別の層では、左側頭葉からの活性域が逆向きの右回りに一周していた。また頭頂葉上側、前頭葉吻側、側頭葉腹側、後頭葉を通過してまた頭頂葉に戻る流れ、つまり脳を上下方向に一周するパタンも見られる。またその輪は外縁部だけではなかった。断層図を見ると大脳の内側に近い部分では小さな輪が回っている。脳の中心、大脳基底核を芯にした同心球上に無数の輪が走る。3Dで見ると、まるで脳全体が無数のリングで形成されているようだった。

「有主照CEOの脳と全く違う……」ミアが呆然と呟く。「いいえ、CEOと違うんじゃない。人の脳と違うのよ。通常の人間の脳とは神経細胞のネットワーク構成が全く異なっているんだわ」

「思考するための効率化なのか……より正確なシステム化と秩序化……」

そう呟いた時、僕は唐突に思い出した。

先生の言葉の意味を今更理解する。そうか、そうなのか。あの言葉の意味は。

「量子葉は、電子葉は脳の処理を助ける装置じゃないんだ……」僕は真実を口にする。

「脳を補助する装置じゃない」

「どういうこと？」

「電子葉は脳を育てる装置だったんだ。大量の情報を未成長の脳に流し込んで、脳をより効率的なネットワークに育て上げるための機械。それはきっと事前に計算されて作られるものじゃない。ただ大量の情報を与えるだけ、無数の情報を無分別に与えるだけだ。だけれどその無差別の大量情報刺激を受けて、脳のネットワークはそれが処理できるように慣れていく。より効率的に育っていく」

先生は言った。電子葉を付けるには「自分ではもう遅い」と。

その意味がやっと解った。後から付けてもただの補助器具にしかならないのだ。電子葉も量子葉も脳の成長が始まる前に装着してこそ本当の意味がある。

「六歳からでは遅い。電子葉では処理自体が遅い。この神経ネットワークは〝〇歳〟から〝量子葉〟を付けている知ルだけが到達できた領域なんだ。過負荷の中で訓練され続けてきた、人間の脳の本当の可能性」

僕らは活性化を続ける知ルの脳イメージを見つめる。人間の脳が本質的に持ちうる力が映像として映し出されている。赤とオレンジの活性領域が脳を円環状に巡る。神経細胞の連鎖的連続発火が、回転する炎を作り出す。

それは、知識の門番。

〝輪を描いて回る炎の剣〟だった。

『〈魂〉』

『《理解》』

二人の会話は続いている。室内の映像を見る限りにおいては知ルにも有主照にもなんら変化は見られない。しかし知ルの脳イメージはさらに活性域を拡大し今や脳全体が赤とオレンジの光に包まれている。有主照・問ウの脳イメージもまた活性域を増やしているように見えるが、その無秩序な神経興奮は真っ直ぐに走り抜けて行く知ルに追いつこうとして、ただひたすらに暴れている姿にも見えた。

「二人の脳活動に明らかな差が出ている」

「ええ。だけど」ミアは眉根を寄せる。「このままだと危険なのは知ルさんの方よ」

ミアの言葉に顔を顰める。彼女と同じ事を僕も感じていた。ミアがパブリックに映し出された知ルの脳イメージ像を指さす。

「知ルさんの今の脳状態は生理学的に見て大変危険だわ。神経活性部分の移動速度が速く見えたのはコースが秩序だっていたからだけじゃない。活性領域の数が実際に多かったから。興奮状態の神経の数がCEOよりも格段に多かったからよ」

僕は頷く。知ルの脳の赤い領域は、明らかに有主照のそれよりも多い。

「興奮状態が脳全体で頻発している。神経が活動電位を示す時間が多くなっているのよ。神経細胞が脱分極してから再分極、そして再びの脱分極を繰り返している」

「細胞自体が過負荷状態だと?」

「いくらネットワークの経路形成が普通の人間と違ったとしても、それを構成する神経細胞は同じなのよ。必ず生理的な限界がある。この連続発火状態が続くなら、いえ、もし今以上に活性化していくようなら……」

　消えた言葉の先は解る。その前に二人の対話を止める必要があるのかもしれない。だけれど僕にはその〝止め時〟が解らなかった。知ルはきっと限界を求めている。でも彼女だって、自分の脳に大事が起きることは望んでいないはずなんだ。

　歯噛みしながら脳イメージを真剣に観察し続ける。ミアも止め時を探る僕の気持ちを理解して、僕らは同じ啓示領域を凝視する。

　知ルの脳イメージは赤い円環を全方向に回転させ続ける。僕はその異質な光景を見続ける。生体をモニタしているはずのその映像が、まるで機械式のランプのように感じられていた。

「やっぱり危険だわ……」ミアは僕に言う。「人の脳は回転灯《Revolving light》じゃないのよ。このままじゃ何らかの後遺症の可能性や、最悪の事態だって」

　僕はミアに向いた。

「今、なんて？」

「後遺症よ……脳神経に障害が出たら重篤な」

「ちがう」僕は思考しながら聞き返す。「その前」

「前って……」ミアが目を丸くする。

「回転灯？」


『〈記憶〉』


啓示聴覚に届いた知ルの言葉が、僕の頭の堰《せき》を崩した。持っていた情報が頭の中で手を繋いでいく。ぼんやりした像の輪郭を明確に浮かばせていく。

回転灯。回転する火。輪を描いて回る炎の剣。脳内の神経細胞の発火が循環する状態。脳が最も活性化する瞬間。発火のビットが全てのシナプスを幾周も駆け巡り、メゾ回路の隙間に埋もれた全ての情報が同時に現出する時。一人の人間が人生の中で蓄えた全情報が同時に弾ける、あらゆる人間に必ずやってくる〝悟りの瞬間《prime time》〟。

Revolving light.
Revolving lantern.

走馬灯《Revolving lantern》

「知ル!!」

僕はライブ映像に叫んでいた。知ルには届かない。特別通信室の中にはこちらの音声は届いていない。

「御野さん？」

「知ルは死ぬ気だ！」

「なんですって？」

「死ぬ気なんだ。このまま脳神経を極限まで走らせて死ぬ気なんだ。脳が最も活性化する状態になるために！　死の直前の、走馬灯を見るような脳状態になるために!!」

全てが繋がる。

〝炎の剣が輪を描いて回る時〟それは死の直前の脳状態を表す言葉だったんだ。知ルは初めから死ぬつもりだった。この最後の場で、有主照・問ウとの対話で最高の脳状態を引き出して、我々の到達できない究極のビジョンを手にしたまま死ぬつもりだったんだ！


『《集約》』

有主照・問ゥの言葉が知ルの脳神経に更なる加速を生む。脳ィメージ像は赤い光の球体と化している。それはまるで太陽のようだった。全てを焼き尽くす灼熱の炎。僕は顔を歪めて駆け出し、特別通信室に繋がる三重ロックのハンドルに手をかけて、そして止まる。

『〈情報〉』

「御野さん」

ミアが僕を呼ぶ。ハンドルを握ったままで立ち尽くす。僕は。中に入って何をしようというのだ。知ルを止める気なのか。知ルの命を救う気なのか。そんなことは本人が一番望んでいないのに。

僕の勝手な、一時の自己満足のためだけに、彼女が本当の意味で人生まで懸けた望みを潰すのか。

ハンドルから手を離す。開けられない。僕にはそんな真似ができるだけの正当な理由も、〝覚悟〟もなかった。それをやってしまったら知ルがどうなるのかが想像できなかった。

だから僕は、知ルの死を覚悟できなかった。

『《回転》』

有主照・問ウの言葉が流れるように続く。止められない。僕にも、誰にも止められない。これは知ルと有主照・問ウの、あの二人だけの世界の話なのだから。そんな思考に呑まれた僕は、それから十秒ほど俯いて、そしてやっと、その小さな異変に気付いた。

顔を上げる。

耳をそばだてる。

次の言葉が続いていない。

振り返ってミアと顔を見合わせる。二人で通信室内の映像を見る。有主照の次は知ルの番だ。ここまで二人は順番に、一言ずつ言葉を発して対話を続けてきた。

知ルは、無表情で目を閉じていた。

有主照・問ウは、目を大きく開いて、何かを考え込んでいた。

『ち』

順番《ルール》を打ち破ったのは有主照の方だった。

『違う』

知ルは何も言わずに目を閉じている。有主照はそれから考えて、考えて、そしてやっと言葉を発する。

『《密度》?』

それを聞いた知ルは、目を閉じたまま、小さく頷いた。

その状況が僕に理解させた。ミアも解ったはずだ。彼らが話している内容は全く把握できていないのに、何が起こったのかが空気で直接伝わった。

有主照・問ウは、間違えたのだ。

彼は答えを間違えた。知ルとの会話の橋から足を踏み出した。針の穴を通すように〝正解〟だけを返し続けてきた二人の一端がついに破綻した。だから知ルは待った。有主照・問ウが橋に戻ってくるのを。そして有主照は自力でそこに戻った。けれど。

二人の間には、もう超えられないであろう〝壁〟が生まれていた。

『《球》』

知ルの言葉が滑らかに放たれる。だが有主照はそこでまた止まってしまう。有主照・問ウの顔には焦りが見えた。ここまで正しい道を選び続けてきた彼が、今は道に迷っている。

「御野さん……」

　ミアが僕を呼んでパブリックを指差す。知ルと有主照の脳イメージに変化が現れている。有主照の脳活性は今までより活発化していた。斑状の赤い活性域が脳の各所に頻発する。量子葉の稼働率も限界に近い。有主照は脳を限界まで酷使していた。

　そして知ルの脳活性は、それとは対照的に落ち着き始めていた。

　太陽のようだった赤が少しずつオレンジへと変わっていく。回転する活性域の運動が僅かに速度を落としていく。ガソリンの供給されないピストンのように、脳の情報運動がわずかずつ停滞していくのが感じられる。

「足りなかったの?」ミアが顔を歪める。「CEOでは、CEOの能力では、彼女の脳を満足させられなかったというの? 有主照CEOでは、私達では、クラス9に届かなかった?」

　彼女が言った通りのことが通信室内では続いていた。有主照・問ウが考えこんで言葉を返す。知ルはその答えを先に知っていたように簡単に返答する。そこには明らかな差が生まれていた。知ルは何歩も先に行き、有主照はそれに追いすがるので精一杯だった。この場の誰の目にも明らかに、二人の対話は終焉に向かっていた。

　ミアが二人のデータを見つめながら沈痛な表情を浮かべる。そこに彼女の複雑な想いが見て取れた。研究者として到達できなかった苦悶と、このまま対話が終われば有主照・問ウが無事戻るという一抹の喜び、それが混じり合った彼女の感情の表出だった。ミアは軽く頭を振ると、ブランクエリアから顔を上げて僕を見る。

「これで、知ルさんも戻るわね」

彼女は諦めと安堵の顔で言った。ミアの言う通り、このままクラス9の対話は終わる。知ルは死なずに無事戻る。

これで対話は終わる。

「御野さん？」

ミアの呼びかけは聞こえていた。

だけれど僕は返事ができなかった。

その時僕は、全く別の事を考えていた。それは僕の中の違和感に起因するものだった。

〝何かが違う〟と僕の中枢が、真実を知る自分が訴えている。僕はミアの呼びかけにも答えずに、その違和感に思考を集中した。

有主照・問ウは、知ルの要求に到達できなかった。彼は後付けされた量子葉による不完全なクラス9で、知ルが求めるだけの情報を与えることができなかった。だから知ルは最高の脳活性状態、死の直前の脳に到達することができなかった。

もし成功したら彼女は死んでいただろう。最高の脳状態を知って、そのまま亡くなっていただろう。それで彼女は終わりだ。彼女はたくさんの事を知って終わっただろう。たくさんの事を知って。全てを知ることはできないで。

その違和感が、僕を何の根拠のない、けれど無根拠に信じられる答えに導いていく。

僕の想像力が、僕の中に、本当の知ルを描き出す。

『知ルはきっと全てを知ることを目指すだろう』

『知ルはきっと全てを知る前に終わることを望まないだろう』

顔を上げると、特別通信室のライブ映像があった。有主照・問ゥはまるで何かに操られたような顔で、知ルに向けて言葉を放つ。

『《事象の地平線》』

それを聞いた知ルは微笑みを浮かべた。そして彼女は、有主照から静かに顔をそむけて、特別通信室に備えられたカメラを見た。ライブ映像の知ルがこちらを向いた。

知ルは、僕に言った。

『〈死〉』

そして僕は知る。

彼女の思惑の全てを。

部屋の三重ロックを見遣る。足を踏み出す。後ろでミアが呼んだけれど、気にせずにドアへと向かう。

頭の中で情報が自然に繋がっていく。僕はこの四日間の事を順番に思い出していた。知ルと過ごした四日、彼女が語った様々な話を順番に。

大僧正が教えてくれた〝悟り〟とは未来を知ることだった。だけれど人の未来には死しかない。そこで人間の情報は終わる。京都御所の地下で神代を記録した書物に触れた。日本神話の神イザナギは黄泉の国へと向かった。黄泉の国では知識の大神イザナミが待っていた。そしてエデンの園は知識の天使ケルビムと、輪を描いて回る炎の剣に守られていた。

僕はハンドルに手をかけて、最初のドアを開いた。

知ルは知ろうとしていた。全てを知ろうとしていた。全知を目指していた。だから彼女は可能な限りの情報を集め、脳という情報圧縮器官に蓄え続けた。彼女の脳のメゾ回路は自己組織化を続け、秩序を形成し、大量の情報を蓄えた。

だけど僕はまだ〝情報〟とは何かを知らない。

情報とはどんなものなのかを正確に捉えられていない。情報はどんな法則に則って、どんな振る舞いをするのか。情報とは何なのかを僕は知らない。だから僕は、自分の想像力を駆使して想像した。知らないものを知るために、知っていることを組み合わせて想像した。情報の事を知ろうとして、情報以外のものに思いを巡らせた。この世界に情報以外のものは一つしかない。それは物質だった。

二つ目のドアを開く。

もし情報も、物質と同じように振る舞うのだとしたら。

知ルは可能な限りの情報を脳に集めた。クラス9の能力でこの世界のあらゆる情報を収集し、高度に秩序化して脳に蓄えた。脳という限定された領域に大量の情報を集約する。彼女の脳は、今この世界で最も情報密度が高くなっているだろう。

《もし情報も、物質と同じように振る舞うのだとしたら》。

《高密度・大容量の圧縮された情報は崩壊を始めるかもしれない》。

《情報が崩壊するような、あらゆる情報が脱出不能の領域を創り出すかもしれない》。

そして僕は、きっとその現象の名前を知っている。人の脳が究極的に活性化し、情報密度が限界を超え、誰もがその崩壊領域に囚われて、二度と戻って来られなくなる現象。

《死》。

《死とは、情報のブラックホール化なのだ》。

最後のドアを開く。

特別通信室の中に足を踏み入れる。有主照・問ウが驚きの顔を見せる。僕は彼の横を淡々と通り過ぎて、座ったままの知ルの元に歩み寄る。知ルは微笑みを湛えて僕を見上げる。今の彼女の脳は有主照・問ウとの対話を経て、限界寸前まで情報を蓄えているのだろう。

そして僕の思考は最後の回転を始めた。

これまで考えてきたことがゴールを目指す。

死が情報のブラックホールなら、その事象の地平線の向こうには崩壊が待っている。だけれどその先には、もう一つの別の可能性が存在する。数学的なブラックホールの解。アインシュタイン－ローゼンブリッジ。別時空へと繋がるワームホール。

その誰も見たことのない情報の別時空にも、僕ら人間はもう名前を付けていたはずだ。

《天国》

《地獄》

《黄泉》

《エデン》

《死後の世界》

知ルは死んで終わろうとしていたのではなかった。知ルは死んで先に進もうとしていただけだった。死後の世界の情報を知るために。この世界にいては知り得ないことを知るために。全知を目指すために。

知ルの肩に触れる。

そして僕は、昨日の夜には教えなかった、この世界でとっておきの、最高に幸せな情報を。

顔を寄せて彼女に伝えた。

少しの間のあと、顔を離す。知ルはうっとりとした顔で僕を見つめる。

「私、キスって初めてです」

僕は少しだけ寂しい気分で答える。

彼女は今日、〝約束の日〟に、あの人に会いに行く。

「先生によろしく」

「ええ」

そう言って彼女は。

「行ってきます」

知ルは、死んだ。

V . death

1

啓示視界の懇切丁寧なナビに従って車を走らせる。

丸太町通を東へ。鴨川を渡り、東大路通で曲がる。すぐに拓けた敷地が視界に入った。

ナビのラインをたどって、僕は京都大学医学部付属病院の駐車場に車を入れた。

エントランスのガラス扉が開き、巨大なメイン病棟に足を踏み入れる。啓示視界の隅に建物のプロフィールが開いた。築二年、新築されたばかりの十二階建て。大学自体はこんなものを作れるほどの金回りではないだろうが、京大ともなると結構な数の企業が施設整備や研究のために協賛《スポンサード》してくれる。おかげで大学はこんな豪華な病院で好きなだけ新薬の治験ができるし、企業側も融通の利く病院を一つ持っていると何かと恩恵は多いのでWin-Winの関係と言える。

啓示視界に目的の場所までのルートが示される。僕はコースを走る金属球の玩具みたいにそのルートの上を歩いて行く。

病院に来ると、前に先生がしてくれた話をいつも思い出してしまう。数十年前、病院では通信機器の使用が制限されていたらしい。防電防磁の甘い医療機器を守る予防措置だったそうだが、通信が使えなかったら病院内で通信障害性分離不安症の患者を増やしそうだなと思った。まあそんなことを言い出したら京都御所の観光にも行けないけれど。ちなみに不安障害のリハビリテーションメニューの中には御所の観光が入っている。まるで修行のようだと思う。

メイン病棟の裏側出口を抜けて、隣の病棟に向かう。混雑していたメインと比べて人の出入りはほとんど無い。入り口を通過する時にパーソナルタグが確認された。アルコーンの社員IDが入棟許可を取得する。

結局僕は情報庁を退庁して、今はアルコーン社に雇ってもらっている。

先月僕らが犯した種々の違法行為については、有主照・問ウが色々と根回ししてくれたお陰で無罪放免となったので、僕は一応情報庁に戻ることもできた。でももうクラス5の資格にも興味がなくなっていたので、よっぽど仕事の面白そうなアルコーンに入れてもらうことにした。今はミアと一緒になって量子葉の解析に明け暮れている。

ちなみに退庁の時に「ミアという若くてよく出来る女性がいて」と話したら、三縞君が一緒に退庁してアルコーンに来てしまった。僕としては大変助かる話だが、情報庁の仕事はしばらく停滞することになるだろう。

ナビに従いエレベーターに乗った。六階で降りてステーションの看護師と話す。そこからさらに認証の必要な扉を二つくぐった。最後の短い廊下はその個室への専用通路だ。僕はアルコーンが用意したVIP専用の個室に入る。

窓から柔らかい陽が差し込む清涼な部屋。その中央に置かれたいくつかのモニタリング機器と医療用バライアブルベッド。

そこに知ルは横たわっている。

僕はベッドの横のチェアにかけて、静かな寝息を立てる彼女の顔を見つめた。彼女の首にはうなじの側から、弦の無い竪琴のような形の装置が嵌めこまれている。

知ルは死んでいる。

あの対話の終わり。情報量の〝閾値〟に到達した知ルは、予定通りに絶命した。脳の機能が停止し、呼吸は止まり、心臓も停止した。知ルはあの瞬間に間違いなく死亡した。

だけれどあの場には、まさにそういった事態に備えての医療スタッフが配置されていた。処理は迅速だった。知ルは最高峰の応急救命措置を施され、そこで人工呼吸機を装着された。

彼女のうなじに付けられている装置は〝竪琴《ハープ》〟の通称で呼ばれている。

ハープは電子葉の技術の応用で作られたもので、啓示装置と同じく非接触的に神経に介在して活動を誘発する。視神経や聴覚神経へのアクセスのために前頭葉に付けられる電子葉と違い、医療用啓示装置であるハープは脳幹へのアクセスを主体としてうなじに付けられる。ハープの主な役割は生命維持に必要な神経刺激の発生、自発呼吸・心臓律動を人工的に作り出すことだ。この装置が付いている間は、知ルの体は生かされる。アルコーン専用のVIPルームで栄養点滴を受けながら眠っている限り、彼女の生命活動は維持されていくだろう。

だけれど彼女の脳は、もう死んでいる。

それが彼女の望みだった。

あの対話で知ルが行ったのは《死の生成実験》だった。

有主照・問ウと知ルという二人のクラス9。二つの高度情報体をぶつけ合い、そして情報崩壊を引き起こして死を生み出す。それはあたかも高エネルギーの素粒子を衝突させてブラックホールを生成するように。彼女は《死》を人工的に生み出そうとしていた。そして知ルは《死の世界への入り口》を見事に作り上げて、そこに踏み込んだ。

僕は知ルの首の竪琴《ハープ》を眺める。

装置の名はギリシャ神話に由来する。イザナギとイザナミの伝承によく似た物語。竪琴の奏者オルフェウスは妻エウリュディケを取り戻すため冥府へと向かった。彼は「決して振り返らない」という約束で妻を冥府から連れ出す。しかしその帰り道、あと少しというところで約束を違え、妻は再び冥府に引き込まれた。二つの物語は同じ事を語っている。

黄泉にも冥界にも、生者を引き込む力がある。

それこそが《情報の重力》なのだろう。僕らがまだその概念を想像でしか理解できない力。死へと引き寄せる情報の引力。一切の情報を返さない脱出速度。知ルはその中に自ら飛び込んで行った。だから彼女はこうして今も死んでいる。竪琴を外せば体もすぐに死んでしまう。彼女は、紛うことなく、死んでいる。

けれど僕は。

一つだけ、納得していないことがあった。

なぜ知ルは、銃で頭を撃ちぬかなかったのだろう。

知ルが目指していたのは脳の《最高の情報状態》だった。情報圧縮された脳がどこまでも活性化し、走馬灯を見るように全情報を開放する、死の直前の脳状態。

だったら死ねばいいだけだ。大掛かりな準備をしなくとも、入念な計画を立てなくとも、拳銃でも飛び降りでも簡単な方法で死に直面すればいいだけのはずだ。けれど彼女は敢えて対話の方法を選んだ。アルコーンの最高設備の中で、万全の体制で死に臨んだ。

そして彼女の言葉が、脳裏に蘇る。

『もし事象の地平線を超えて戻って来られる宇宙船があったら』

それは本当に、僕の無根拠な想像でしかないけれど。

もしかすると彼女は、その宇宙船を用意したのかもしれない。僕らの知らない宇宙船の製造方法を知っていたのかもしれない。死の半径の中から舞い戻る情報の宇宙船を準備して、そして満を持して死んだのかもしれない。

僕は彼女の寝顔を見た。

想像力が、あの日の彼女の言葉を耳に蘇らせる。

『行ってきます』

そして想像力はシンプルな確信を紡ぐ。

《知ルはきっと生き返る》。

《誰も知らない土産話を持って》。

彼女が帰って来た時

人類はまた一つ

新しいことを知る。

epilogue

少女の啓示視界にスケジュールカレンダーが開いた。《二一一九年十月》のカレンダーには、いくつかの予定が書き込まれている。

制服を着た高校生の少女は、電動の車椅子で学校の廊下を進んでいく。その横にはスーツ姿の母親が付き添っていた。

廊下の向こうから数人の男子が談笑しながら歩いてきた。男子達が車椅子の少女とすれ違い、彼らのパーソナルタグが少女の啓示視界に開いた。

そこに《class》を表記する数字は無い。

二一〇四年の法改正により、個人の情報範囲を規定する情報格制度は廃止となった。現在の日本においては、国民はネットワークのほぼ全ての情報を自由に取得し、同時にほぼ全ての個人情報を保護することなく公開している。かつて《クラス6》と称された一部の人間だけが持ち得た情報取得能力と、かつて《クラス0》と呼ばれた一部の人間だけに強制されていた情報公開が、今は全ての国民に与えられ、許され、義務化されている。そこに反発や嫌悪は存在しない。個人の情報を公に開示することを、多くの人間は既にコモンセンスとして認識している。

少女と母親は面談室へと入っていった。中では少女の担任の男性教師が待っていた。教師と母親は椅子に座り、少女は車椅子のままで話を聞く。教師はパブリックレイヤにいくつかの案内や手引書のデータを貼り付けながらしばらく説明をした。

「学校側からの説明は以上です。後はご家庭で準備なさってください」

教師は母親に向けてにこやかに言う。逆に母親は不安そうな顔で聞き返す。

「あの、先生。うちの子、本当に大丈夫なんでしょうか」母親は大げさに心配した口調で聞いた。「家で見ているだけですと、この子ったらもう本当に子供で……」

「お母さん、やめてよ……」

少女は嫌そうに母親を咎める。

その声は消え入りそうなほどか細かった。声だけでなく、息も、腕も、首も細かった。

車椅子の少女はあらゆる部分がやせ細り、見るからに衰弱していて、ほとんど肉の落ちた体は触れただけでも折れそうなほどだった。

少女は新発の自己免疫性疾患に侵されていた。若年層でわずかに確認されているだけの珍しい病気で、患者数が少ないことから有効な治療法は未だ確立されていない。

「何も心配ないですよ、お母さん」

教師は笑顔で言う。

「こう見えてお嬢さんはしっかりしていますから」

「でも先生、本当にこの子ったら私の言うことを全然聞かなくて……。家でもコミックソースばっかり読んでいて、この時期になっても何の準備もしていないんですよ？」

少女は力無い顔の筋肉をなんとか操って顔を顰める。

「お母さん、わかったからもう……」

「わかったって、あなたね。あなたがきちんとしてないと、お母さんが恥ずかしいじゃない」

「お母さんは心配し過ぎなのよ……昔とは違うんだから」

「またそんな適当なことで……。いい？　向こうに行ったらきちんと」

「わかってる、わかってるから……あのね、お母さん」

余命僅かな少女は、苦笑を浮かべて呟いた。

「死んだ後のことなんて、子供でも知ってるよ」

本書は、書き下ろし作品です。

ファンタジスタドール イヴ

野﨑まど

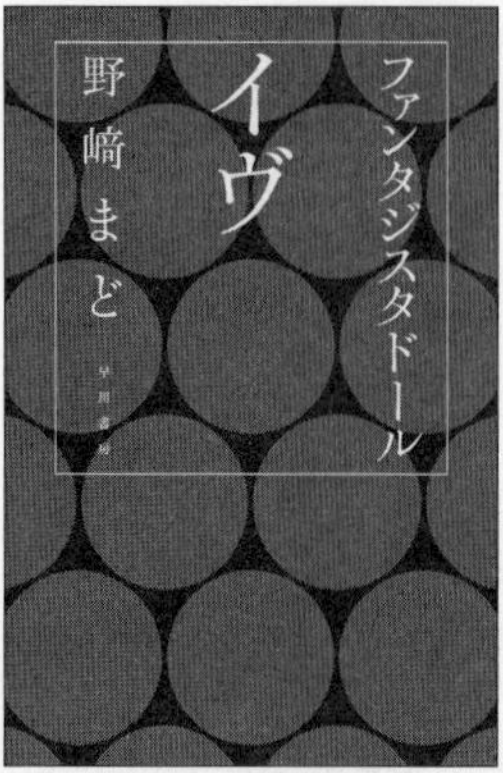

「それは、乳房であった」男の独白は、その一文から始まった――ミロのヴィーナスと衝撃的な出会いをはたした幼少期、背徳的な愉しみに翻弄され、取り返しようのない過ちを犯した少年期、サイエンスにのめりこみ、運命の友に導かれた青年期。性状に従った末に人と離別までした男を、それでもある婦人は懐かしんで語るのだ。「この人は、女性がそんなに好きではなかったんです」と。アニメ『ファンタジスタドール』前日譚

ハヤカワ文庫

BLAME! THE ANTHOLOGY

原作 弐瓶勉
九岡 望・小川一水・野﨑まど
酉島伝法・飛 浩隆

無限に増殖する階層都市を舞台に、探索者・霧《キリ》亥《イ》の孤独な旅路を描いたSFコミックの金字塔、弐瓶勉『BLAME!』を、日本SFを牽引する作家陣がノベライズ。九岡望による青い塗料を探す男の奇妙な冒険、小川一水が綴る珪素生命と検温者の邂逅、酉島伝法が描く〝月〟を求めた人々の物語、野﨑まどが明かす都市の片隅で起きた怪事件、飛浩隆による本篇の二千年後から始まる歴史のスケッチなど、全5篇を収録

ハヤカワ文庫

正解するマド

乙野四方字
原作＝東映アニメーション
脚本＝野﨑まど

野﨑まどが脚本を手がけたテレビアニメ『正解するカド』のノベライズを依頼された作家・乙野四方字は、何を書けばいいのか悩むあまり、精神を病みつつあった。ついにはアニメに登場するキャラクター・ヤハクィザシュニナの幻覚まで見はじめる。記憶をなくしたというザシュニナに、乙野は一縷の望みをかけて小説の相談をするが……傑作SFアニメから生まれた、もうひとつの「正解」とは——衝撃のスピンアウトノベライズ

ハヤカワ文庫

僕が愛したすべての君へ

乙野四方字

人々が少しだけ違う並行世界間で日常的に揺れ動いていることが実証された時代——両親の離婚を経て母親と暮らす高崎暦は、地元の進学校に入学した。勉強一色の雰囲気と元からの不器用さで友人をつくれない暦だが、突然クラスメイトの瀧川和音に声をかけられる。彼女は85番目の世界から移動してきており、そこでの暦と和音は恋人同士だというが……『君を愛したひとりの僕へ』と同時刊行

君を愛したひとりの僕へ

乙野四方字

人々が少しだけ違う並行世界間で日常的に揺れ動いていることが実証された時代――両親の離婚を経て父親と暮らす日高暦は、父の勤める虚質科学研究所で佐藤栞という少女に出会う。たがいにほのかな恋心を抱くふたりだったが、親同士の再婚話がすべてを一変させた。もう結ばれないと思い込んだ暦と栞は、兄妹にならない世界へと跳ぼうとするが……『僕が愛したすべての君へ』と同時刊行

リライト

法条 遥

一九九二年夏、未来から来た少年・保彦と出会った中学二年の美雪は、旧校舎崩壊事故から彼を救うため十年後へ跳んだ。二〇〇二年夏、作家となった美雪はその経験を元に小説を上梓する。夏祭り、時を超える薬、突然の別れ……しかしタイムリープ当日になっても十年前の自分は現れない。不審に思い調べる中で、美雪は恐るべき真実に気づく。ＳＦ史上最悪のパラドックスを描くシリーズ第一作

最後にして最初のアイドル

草野原々

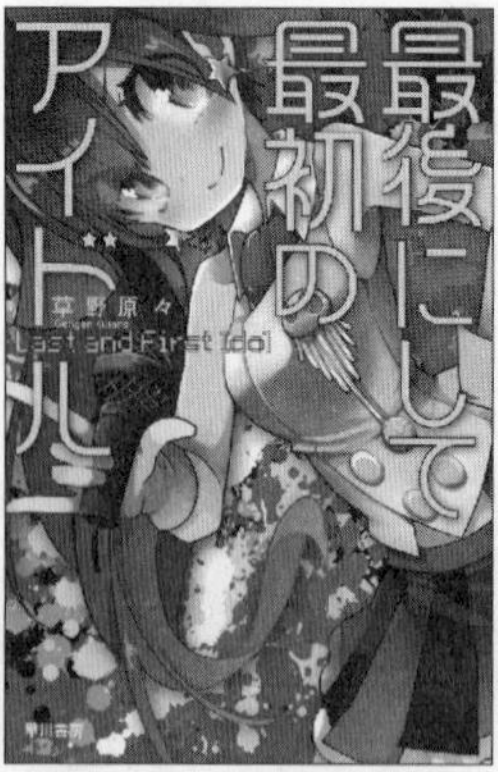

〝バイバイ、地球――ここでアイドル活動できて楽しかったよ。〟SFコンテスト史上初の特別賞＆四十二年ぶりにデビュー作で星雲賞を受賞した実存主義的ワイドスクリーン百合バロックプロレタリアートアイドルハードSFの表題作をはじめ、ソシャゲ中毒者が宇宙創世の真理へ驀進する「エヴォリューションがーるず」、声優スペースオペラ「暗黒声優」の三篇を収録する、驚天動地の作品集！

疾走！千マイル急行（上・下）

小川一水

名門中等院に通うテオは、文明国エイヴァリーの粋を集めた寝台列車・千マイル急行で旅に出た。父親と「本物の友達を作る」約束を交わして――だが途中、ルテニア軍の襲撃を受ける。装甲列車の活躍により危機を脱するも、祖国はすでに占領されていた。テオたちは救援を求め東大陸の采陽《サイヨー》を目指す決意をするが、苦難の旅程は始まったばかりだった。小川一水の描く「陸」の名作。　解説／鈴木力

ヤキトリ１
一銭五厘の軌道降下
カルロ・ゼン

地球人類全員が、商連と呼ばれる異星の民の隷属階級に落とされた未来世界。閉塞した日本社会から抜け出すため、アキラは惑星軌道歩兵——通称ヤキトリに志願する。米国人、北欧人、英国人、中国人の４人との実験ユニットに配属された彼が直面したのは、作戦遂行時の死亡率が７割というヤキトリの現実だった……『幼女戦記』のカルロ・ゼンが贈るミリタリーＳＦ新シリーズ、堂々スタート！

マルドゥック・アノニマス1

冲方 丁

『スクランブル』から二年。自らの人生を取り戻したバロットは勉学に励み、ウフコックは新たなパートナーのロックらと事件解決の日々を送っていた。そんなイースターズ・オフィスに、弁護士サムから企業の内部告発者ケネス・C・Oの保護依頼が持ち込まれた。調査に赴いたウフコックとロックは都市の新勢力〈クインテット〉と遭遇する。それは悪徳と死者をめぐる最後の遍歴の始まりだった

著者略歴　東京都生，著書『ファンタジスタドール イヴ』（早川書房刊）『[映] アムリタ』『２』『独創短編シリーズ 野崎まど劇場』『なにかのご縁』『バビロン』他

HM=Hayakawa Mystery
SF=Science Fiction
JA=Japanese Author
NV=Novel
NF=Nonfiction
FT=Fantasy

know

〈JA1121〉

二〇一三年七月二十五日　発行
二〇一九年九月二十五日　十刷

（定価はカバーに表示してあります）

著者　野《の》崎《ざき》まど
発行者　早川浩
印刷者　入澤誠一郎
発行所　株式会社 早川書房
郵便番号　一〇一 - 〇〇四六
東京都千代田区神田多町二ノ二
電話　〇三 - 三二五二 - 三一一一
振替　〇〇一六〇 - 三 - 四七七九九
https://www.hayakawa-online.co.jp

乱丁・落丁本は小社制作部宛お送り下さい。
送料小社負担にてお取りかえいたします。

印刷・星野精版印刷株式会社　製本・株式会社フォーネット社

ISBN978-4-15-031121-6 C0193

本書は活字が大きく読みやすい〈トールサイズ〉です。